文化研究视野中的英美文学

苏焕莉 ◎ 著

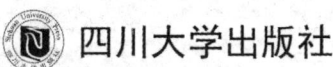
四川大学出版社

项目策划：杨　果
责任编辑：杨　果
责任校对：孙滨蓉
封面设计：王国会
责任印制：王　炜

图书在版编目（CIP）数据

文化研究视野中的英美文学 / 苏焕莉著. — 成都：四川大学出版社，2018.8
ISBN 978-7-5690-2361-9

Ⅰ.①文… Ⅱ.①苏… Ⅲ.①英国文学－文学研究②文学研究－美国 Ⅳ.① I561.06 ② I712.06

中国版本图书馆 CIP 数据核字（2018）第 211058 号

书　名	文化研究视野中的英美文学
著　者	苏焕莉
出　版	四川大学出版社
地　址	成都市一环路南一段 24 号（610065）
发　行	四川大学出版社
书　号	ISBN 978-7-5690-2361-9
印前制作	四川胜翔数码印务设计有限公司
印　刷	成都金龙印务有限责任公司
成品尺寸	185mm×260mm
印　张	6
字　数	136 千字
版　次	2019 年 9 月第 1 版
印　次	2019 年 9 月第 1 次印刷
定　价	38.00 元

◆ 版权所有 ◆ 侵权必究 ◆

◆ 读者邮购本书，请与本社发行科联系。
　电话：(028)85408408/(028)85401670/
　(028)86408023　邮政编码：610065
◆ 本社图书如有印装质量问题，请寄回出版社调换。
◆ 网址：http://press.scu.edu.cn

四川大学出版社
微信公众号

前　言

　　文学的学习是语言教学中十分重要的一部分，它不仅可以帮助读者拓宽视野，提高分析鉴赏能力，而且可以熏陶读者的思想情操，从而加强他们对人类社会的认识与了解。也就是说，语言和文学就像一对孪生兄弟，不可分离。

　　随着国际经济一体化的发展，英语的重要性越来越突出，掌握英语对每个学生都非常重要。语言是文化的载体，是人们交流和沟通的工具，语言的学习离不开对语言文字的阅读和赏析。对英美文学的学习能打下英语语言的扎实功底，英美文学作品中丰富、生动、准确的语言词汇，增加了学生的词汇量，独特语境中的优美流畅的语言更提高了学生的英语语感和应用水平。通过大量的阅读，学生理解了词句间的衔接、语法的应用，掌握了一定的词汇量，阅读能力迅速提高。文学是现实社会生活的反映，是人与人之间关系的反映。文学作品往往通过描述故事人物的生活与命运、思想与感情，阐述典型事件的社会褒扬、社会批判，渗透着人类普遍的、永恒的精神情感体验，具有丰富的情感性，对读者具有很强的感染力。优秀文学作品丰富的情感性往往能在一定程度上满足大学生多元纷呈的情感需求。文学作品本身的美学价值和愉悦功能可以使英美文学课程的课堂具有趣味性、生动性。

　　本书在文化研究视野中，对英美文学这一重点展开论述，首先介绍了全球化语境下英美文学研究的走向，然后先后梳理了美国华裔文学和中国文化视角下的英国文学，最后重点对英美文学研究与教育的结合进行详细的阐述和总结，从而加深学生对英美文学的理解，提升学生的阅读能力，加深学生对英语文化和英语知识的了解，提高学生的语言运用能力。

　　本书在写作过程中，参考和借鉴了一些学者的学术著作，在此向他们表示深深的感谢。由于作者水平有限，书中难免有误，希望各位读者和专家能够批评指正。

目　录

第一章　全球化语境下英美文学研究的走向 ………………………… 1
- 第一节　文学的含义及研究英美文学的意义 ………………………… 1
- 第二节　从单向度向多维度审美理念转化 …………………………… 3
- 第三节　从社会历史美学向接受美学和结构美学延伸 ……………… 4
- 第四节　从文本研究向视听形象研究领域拓展 ……………………… 5
- 第五节　从男性作家作品中发掘女性主义 …………………………… 7
- 第六节　从荒诞载体的深层结构把握现代主义 ……………………… 9

第二章　美国华裔文学 ………………………………………………… 12
- 第一节　美国华裔文学中的西方文学传统 …………………………… 12
- 第二节　跨文化视角下的记忆、文学与历史 ………………………… 16
- 第三节　文化政治化：美国华裔文学中的身份思考 ………………… 20
- 第四节　《第五和平之书》的文化解读 ……………………………… 25
- 第五节　华裔文学——美国的少数族裔文学 ………………………… 29

第三章　中国文化视角下的英国文学 ………………………………… 32
- 第一节　中、英女性文学及其女权主义文学之比较 ………………… 32
- 第二节　从莎剧剧名翻译看中国翻译文化 …………………………… 36
- 第三节　莎剧《威尼斯商人》的主题思想与儒家思想 ……………… 38
- 第四节　《呼啸山庄》的象征 ………………………………………… 40

第四章　英美文学研究与教育的结合 ………………………………… 45
- 第一节　简·奥斯丁《傲慢与偏见》的喜剧美学透视 ……………… 45
- 第二节　艾米莉·勃朗特《呼啸山庄》人格心理阐释 ……………… 52

第三节 海明威"准则英雄"的独特魅力 …………………………………… 61

第四节 艾丽斯·沃克《紫颜色》现代发展心理观照 ………………………… 65

第五节 格洛丽亚·内勒《林登山》与但丁《神曲·地狱篇》对比研究 ……… 71

第六节 英美文学的语言学研究之一：语篇分析与文学研究 ………………… 77

第七节 英美文学的语言学研究之二：语用原则在文学创作中的应用 ………… 81

参考文献 ……………………………………………………………………………… 87

第一章 全球化语境下英美文学研究的走向

第一节 文学的含义及研究英美文学的意义

众所周知,文学是语言艺术的最高形式。文学与语言是不可分割的孪生姐妹。优秀的文学作品凝聚着语言的精华,是语言、词汇和各种表现手法的宝库,所以有必要在大学高年级讲授英美文学简史以及在英美文学中享有盛誉的作家的名篇佳作,如乔叟的《坎特伯雷故事集》、莎士比亚的《哈姆雷特》、狄更斯的《大卫·科波菲尔》、惠特曼的《草叶集》和福克纳的《喧哗与骚动》等。英美文学这条长河中的名家数不胜数,他们的作品风格迥异,各具特色,如培根简洁明快、富含隽语的散文,"湖畔诗人"华兹华斯质朴、意境悠远、清新盎然的优美小诗,托·艾略特大量运用典故刻意创新、意义深远的现代派诗歌,海明威凝练、紧凑、电报式语言的小说。所有这些作品都是人类文化宝库中不可多得的珍品。阅读、欣赏及分析这些名家的作品,有助于学生从中吸收丰富的语言文化营养。

大学精读课注重词汇和句子的讲解与使用,对重点词汇和句子进行大量的练习,可说是细而精;而泛读课着重扩大词汇量和阅读速度。精泛读课总的来讲注重的是语言点和阅读速度,对文章理解的深度和广度要求不高。学生不仅要理解作者用以叙述一般情节和描写事物用的语言,而且还要理解情节与事物所揭示的深刻道理。如福克纳的小说《喧哗与骚动》表面描写的是一个家族里白痴班吉和大学生昆丁的心理活动,但实际上作者是要通过这个阶级世家子弟精神上的挣扎与沉沦,揭示20世纪美国南方知识分子精神上的种种苦难和南方贵族阶级精神上的衰亡。又如19世纪美国著名女作家凯特·肖邦的代表作《觉醒》,作者表面上用语言把一位富商的妻子艾德娜刻画成一位年轻美丽、娴雅动人、质朴自然、"比维纳斯女神还要迷人"的女性,其实,在这语言的表层下面埋藏着一个大胆追求真正爱情和独立生活、不甘做丈夫附属品的新型女性。因此,停留在表面上去理解文学作品不算是真正的理解,也达不到提高英语水平的目的。只有对作品进行深入的分析和研究,透过语言的表层,剖析作者的创作思想和特色才能有更深的理解,才能提高学生的分析能力。文学作品的大量阅读与分析也会极大地提高学生的语言能力,这是对大学精泛读课的极好补充与延伸,二者相辅相成。不仅如此,英美文学选修课程还可以帮助学生扩大知识面,了解和认识英美国家的历史和文化,弥补理工学科英语教学中必要文化知识传授的匮乏。真正学好一门外语不单是学其语言本身，更重要的是研究和了解这门语言载体的内容——文化。仅仅设置"英美概况""西方文化"等课程，学生对英语国家的历史和文化的相关知识储备较少，这无疑会对以后涉外交际产生许多非语言知识上的障碍。英美文学课程的开设可以在很大程度上弥补这一不足。英美文学是英美国家历史和现实的形象化的反映。它的巨大的认识作用是其他课程无法取代的。著名历史小说家瓦尔特·司各特的《艾凡赫》以12世纪末的英国为背景，描述了撒克逊贵族艾凡赫的冒险经历，生动地再现了12世纪英国中古时代的民族矛盾和社会生活。再如被林肯称为"因写了一本小说而引起美国内战"的斯托夫人的小说《汤姆叔叔的小屋》，会使学生真正了解美国内战爆发的历史必然性。总之，数百篇的文学佳作形象地记录了英国上千年、美国二百多年的风云变幻和社会变迁。从原始生活到现代社会，从古老的英伦三岛到年轻的美洲大陆，这些文学作品会向学生展现一幅幅千姿百态的社会和个人的画卷，使广大学生开阔视野，从而加深他们对英美社会历史文化的进一步了解。这将在很大程度上帮助他们消除今后工作中因缺乏英美文化知识而引起的不必要的交际障碍。

英美文学作品是英美文学名家千锤百炼的规范化语言宝库。通过广泛阅读这些作品，学生会有更多机会了解各种英文句式、修辞及表现手法，如反语、双关、象征、借代、比喻、夸张、排比、对偶、对比、反复、讽刺和衬托等。在此基础上学生能够进一步掌握英语语言的基本规律，提高运用语言的能力和技巧。

外语教学的高层次目的就是克服不同民族间进行交往的语言障碍，了解其民族的社会与文化，增进不同民族间的文化交流和相互了解，进而促进各国的经济繁荣与世界和平。随着我国改革开放的深入发展，中国学生学习外语的目的更趋向后者。首先，改革开放不仅使学生与外国人交往成为可能，而且要求他们直接用所学语言与外国人进行和谐交往。其次，英美文学教学使学生进一步认识到学习外语的真正目的是提高他们的语言能力，使其真正感到语言是一种特殊的社会现象，其本质具有传递信息的交际功能和文化储备功能。这对学生下一步交际能力的培养起着不可低估的桥梁作用。所以，英美文学课程的开设不仅具有实际意义，同时也具有战略意义。这对提高理工科院校的英语教学质量，打破传统的英语教学模式，探索新的外语教学途径将产生一定的推动作用。

21世纪是信息革命和知识经济全球化的时代。当今世界的多极化风云变幻，科学技术的发展突飞猛进，国际交流日趋频繁，国际竞争日益激烈。在这样的国际背景下，势必营造出全球化语境的新时代。吸收世界各民族文学的精华，促进国际的文化交流与合作，发展并繁荣我国的文学事业，比以往任何时候都显得更为重要。为此，我们必须从提升中华民族文化素质的高度，从外国语言文学教学改革的紧迫感和国际文化交流的使命感的角度，来重新认识和思考全球化语境下英美文学研究的走向问题。

新中国成立70年来，特别是改革开放之后的近40年来，我国教育界和学术界对英美文学的研究工作取得骄人的业绩，这是不争的事实。但是，高校外语教育界偏重于对英美文学的母语文本翻译和作家作品的一般化评介，而像外国文学或国别文学研究机构的专家学者那样既有理论高度又有学术深度的研究成果毕竟不是很多，这也是毋庸置疑的事实。特别是在思维模式的传统性、审美视野的狭隘性和评价方法的单一性方面的弊端尤为突出。这已远远不能满足当代大学生的审美需求，也远远跟不上知识经济全球化的前进步伐。因此，在全球化语境下的英美文学研究，必须在前辈研究成果的基础上与时俱进、开拓创新，需要运用新思维、新视野、新方法来构建既具有全球化时代特征又具有中国本土特色的审美体系。"文化研究视野中的英美文学"这一论题，就是基于上述认识而提出来的。

根据当前我国高校外语教学和英美文学研究的现状，结合近年来笔者在英美文学评论中的一些实践，笔者以为至少有下列五个方面，可以作为进一步拓展英美文学研究领域的切入点和突破口，并借此当作自我解读本书内涵和题意的导论。

第二节　从单向度向多维度审美理念转化

回顾20世纪欧美文学的状况和走向，人们业已发现，各种文艺思潮名目繁多，层出不穷，在总的格局中展现出一幅多元化、多层次、多声部的图像，不同国家、不同地区、不同民族的文学已在更大程度上汇入并参与了世界文学的进程，形成了全球化语境下整体性的世界文学。综合趋势和多元化格局，是20世纪欧美文学最为显著的特点。哲学、心理学、社会科学、自然科学的迅速发展并普遍介入文学领域，促使文学走向哲理化、心理化、综合化。随着科学技术的发展，文化传播工具的变革，传播媒介的现代化进程，不同地域、不同国家之间的信息传递量在成千上万倍地增长，各民族文学、各种文艺思潮之间已经出现了互相渗透、互相交融，"你中有我，我中有你"的新格局和新动向。

面对此种全球化语境的新时代，我们认知英美文学的历史、现状及其发展进程，也必须运用具有时代特征的新思路、新理念和新方法。其中，从单向度审美理念向多维度审美理念的转化，是一大关键。英语国家的漫长历史，造就了丰富多彩的文学经典名著。存在决定意识，任何一个研究者的学术成果都具有其自身的时代特征，文学评论和文艺研究，也并非一劳永逸。在英美文学中，莎士比亚的戏剧《威尼斯商人》可谓是家喻户晓的一部喜剧。记得20世纪70年代后期，笔者上中学时，就曾在中学语文课本中读到法庭审判一场的节选，后来上了大学，又在"欧美文学史"课程中聆听了老师针对此段的分析，最近又看了一些新编的《外国文学史》的相关论述，人们的论点虽不尽相同，但审美视角大同小异，基本上仍然是按照传统的单向度审美视角来剖析戏剧矛盾冲突，揭示人物形象之间的思想对立，最后得出一个主题，分清孰是孰非、孰高孰低，再加上一些艺术特点的归纳与赏析。这种定向性分析，既不利于启迪读者的视野，也不利于提高学习者的鉴别能力。

苏东坡在《题西林壁》一诗中写道："横看成岭侧成峰，远近高低各不同。"这说的虽是人们在观赏大自然景色时的动态审美感受，但也正好揭示出文学艺术审美过程中都可能进行多层次、多视角审美演绎的普遍规律。因此，像莎剧《威尼斯商人》这类经典名作，就可以采用系统论（Systems Theory）的理念和系统工程（Systems Engineering）的方法做出全方位的演绎与诠释。例如，从结构美学看其喜剧故事的构建轨迹，从文本角度解读其戏剧冲突，从现代经济学视角诠释其矛盾性质，从女性主义眼光看其女性形象的魅力，从现代法制理念考察法庭审判，从民族、宗教问题看莎士比亚的心态，从叙事话语的艺术层面审视其喜剧特色，从《威尼斯商人》看莎剧在中国，等等。仅此一剧，就足以显现出莎剧审美内涵的多重境界，真可谓是说不尽的莎士比亚了。

  从单向度审美理念向多维度审美理念的转化，不仅是广度的拓展，更是深度的体现。哈代笔下的苔丝形象曾被著名文艺批评家欧文·豪赞誉为"文明世界最伟大的成功"，"哈代对人类世界最伟大的贡献"。假如从艺术的审美造型上说，苔丝的形象是一个具有多维度审美属性的圆形（Round）人物，而不是单向度的扁形（Flat）人物。这样的一个女性形象，既可以从社会历史美学视角审视，也可以从人与环境关系的视角解读，或从人物心态的演变轨迹与哈代的哲学思想的视角进行探索，或者采用弗洛伊德的精神分析学说或结构主义批评方法来阐释。就形象的文本意义而言，其审美视角的多维度，还体现在既可从性格的纵性发展态势上着眼，也可从横向的形象涵盖力方面进行阐释。通过对苔丝的形象或纵或横的双向剖析，我们窥见了这个艺术形象所蕴藏着的极其丰厚而多维度的社会涵盖力。类似这样的艺术探索，所获得的认知不仅是其审美内涵的广度，更应感受到其审美内涵的深度。

第三节　从社会历史美学向接受美学和结构美学延伸

  根据不同文本的个性特点，采用不同的审美视角，是文艺批评多元化的必然，也是我们在探索英美文学时所要遵循的基本原则。有些现实主义题材的作品是最适宜运用社会历史美学视角进行评说的，如英国作家盖斯凯尔夫人的小说《玛丽·巴顿》，它以19世纪中期英国的宪章运动为背景，以展示劳资矛盾和工人的生存勇气及其生活困境为主题。只有运用社会历史美学视角，才能真正洞察作家的创意。《玛丽·巴顿》不是一般的批判现实主义小说，而是一部出自女作家之手的社会政治小说。通过对小说人物的社会处境和矛盾冲突的客观分析，读者就可看出盖斯凯尔夫人巨大的文学功绩，从而发现她比她的前辈或同时代的其他作家为人们提供了更多更新的东西。

  改革开放以来，随着人们视野的拓展，审美观念的转变，接受美学和结构美学的理念开始被人们认同，并日趋成为当代人研读世界文学的一种新走向。文学作品既然是形象思维的产物，理应按照形象思维的特点进行研究。审美范畴中的观赏性，实际上就是接受美学的概念。观赏的过程和结果，可以因人而异，因时而变。米切尔的小说《飘》就是最典型的一例。如果按传统的社会历史美学去衡量，或是单纯用政治的准尺去评判，那么，该书可以抨击的方面也许甚多，然而阅读文学作品毕竟不同于看政治论文或历史书籍，常常不能简单地用某个定义去支配读者；相反，在很大程度上，它是由读者的心态所决定的。半个多世纪以来，为什么小说《飘》畅销不衰，为什么这部小说及其改编的影视文化会产生全球性的轰动效应，这只能从接受美学角度才能勘探到其"飘"洋过海的真正缘由之所在。

曾有文艺评论家指出："美学价值不是放之四海而皆准的永恒标准，它并不存在于作品本身，而是具有特殊的文化性和历史性，美学价值存在于阅读本身。"对于小说《飘》及其女主角郝思嘉形象的认知与把握，在很大程度上，也是因时因地由不同读者所持的不同的接受美学视角来演绎与阐释的。在很长一段历史时期，在美国本土的人民心目中，郝思嘉已变成许多美国妇女理想中的自我形象，纵使读者的心态千差万别，但都可以从郝思嘉身上找到共鸣点，从这部小说中寻找到符合自己心理需求的感应场。因为在郝思嘉身上蕴含的那种不甘平庸、力主开拓的精神及其倔强自信的女性意识，表明她是一个能在乱世风云中，按照自我需要来选择生活方式的现代女性。

对于霍桑小说《红字》中"A"的象征功能的探索，既是接受美学的深度演绎，又是结构美学的立体化诠释。就结构美学而言，红字"A"是作家构建组合情节的骨架，是小说的灵魂和命脉，是串联小说人际关系的一根纽带。整部小说以监狱之门女犯海丝特胸前佩戴着的红布制成的"A"形字母开场，又以死者墓地石板上刻着火红的"A"形字母结束。全书首尾呼应，用红字一线串起，既可以从接受美学审视女主角身上的红色"A"形字母所蕴含的深广象征力度，又可以从文本层、情感层、审美层、群体层和政体层等多种层面逐一进行演绎，使红色"A"字的系列形象内涵呈现出多维度的闪光状态。这实际上已大大超越了霍桑小说的文本内涵，其中许多方面正是当代读者在接受美学中所获得的个人感悟。

提出要从社会历史美学视角向接受美学和结构美学视角延伸的看法，并非一概排斥社会历史美学，而只是为了说明不能局限于运用单一性的社会历史美学。应该承认，即使是经济全球化和语境全球化的 21 世纪，运用社会历史美学视角解读英美文学，仍然不失为一种最为基本、行之有效的审美方式。因为对于文学艺术的评价标准，应是美学的历史的标准，绝非仅仅是观赏的标准。逻辑起点是文学艺术的基本思路，优秀的文学艺术必然是思想与艺术的高度统一。尽管如此，本书中的许多篇章，如哈代小说中的苔丝形象，夏洛蒂·勃朗特笔下的简·爱形象，德莱塞小说《美国的悲剧》主题模式的探讨，等等，仍然是以社会历史美学视角为主导的。

第四节　从文本研究向视听形象研究领域拓展

对于英美文学的研究历来都是以文本为对象的，其间的区别在于有的从英语原版着眼，有的从中译文本入手，两者的差异在于文字不同，相同的是原著内容。随着时间的推移，出现了源于原著的缩写本或改写本，涌现了根据原作改编的连环画本以及戏剧的舞台演出本等，人们从文字阅读研究开始转向视觉形象的普及与欣赏。

19世纪末人类发明电影，20世纪电视艺术普及、电脑技术盛行，这为人们接受英美文学开辟出最为快速、最具形象效果又具无纸化特征的新渠道。科学技术的发展，经济全球化和社会信息化的形成，不仅为英美文学的普及和国际的广泛传播提供了新途径，而且也为英美文学的教学和研究打开了新天地，营造出从文本研究向视听形象研究领域拓展的活动空间。特别是根据英美文学名著改编的电视剧，它们借助电视播放，融合舞台和电影艺术等多种表现手法，深入地刻画人物形象，展示人物的心理活动和精神世界，以形象的直观性和赏心悦目的美学价值而深受人民群众的欢迎。

当代英美文学的研究走向，为什么要从文本研究向视听形象研究领域拓展呢？

首先，是鉴于文学名著改编为影视艺术的普遍性。在英美文学中，但凡优秀的经典名作，都相继数度被搬上银幕，或以电视剧形式传播。莎士比亚的37个戏剧，绝大多数都曾被搬上银幕，如根据《哈姆雷特》改编的《王子复仇记》，悲剧《奥赛罗》《李尔王》《麦克白》，以及《威尼斯商人》《第十二夜》《罗密欧与朱丽叶》等，都是电影改编艺术之中的举世名作。狄更斯的10多部小说几乎都被改编为影视剧搬上屏幕，并在我国广为传播，如根据《伟大的期望》改编的《孤星血泪》，根据《奥列佛·退斯特》改编的《雾都孤儿》，根据《尼古拉斯·尼克贝尔》改编的《人间地狱》，根据同名小说改编的《匹克威克外传》。近半个世纪以来，由小说《伟大的期望》改编的影片就有5种版本，称为《孤星血泪》的影片在我国也有两种不同的版本。电视系列片《大卫·科波菲尔》《老古玩店》和《我们共同的朋友》等，也相继在我国电视剧频道播出，或制成碟片销售，为我国广大群众认识狄更斯的文学创作提供了一种具有时代感的视听动感渠道。

其次，由于文学名著改编的影视剧拥有最广泛的观众——特殊形式的读者群体，构成消费文化的广阔市场。事实上，许多人是先看了影视剧才去读小说原著，或是由于影视剧的感动才激发他去研读小说原著。1939年，美国好莱坞首次将米切尔的小说《飘》改编为彩色影片，称为《乱世佳人》。据说，当年纽约许多人涌进影院，致使市里的自来水压骤升，一俟影片放完，大家回家烧饭，水压立刻下降，其轰动效应，可见一斑。又据美国《读者文摘》报道，新拍摄的《飘》于1976年首次在电视上播映时，估计有1.1亿观众观看，其成为"自有电影以来最伟大的电影"。可见，通过电影来认识小说，或看了影视之后再去读小说，虽属平民百姓的消费文化层面，但其覆盖面最广泛，反响最热烈，且具国际性，这是有目共睹的事实。因此，英美文学的研究者也要正视这种从文学文本到视听感官渠道的转化过程，把视听形象与文本形象联系起来，并做出科学的鉴别与比较。

再次，从文学原著到影视艺术是一次再创作。从表层看，将文学名著改编为影视艺术似乎是件易事，因为它有最完整的故事蓝本——文学名著可作依据；其实不然，名著改编乃是一项十分艰巨复杂的艺术工程。因为要将一部数百页甚至上千页的长篇小说压缩成为两个小时之内的形象画面，而且要忠于原著，体现原著的精神和风格，实非一般编导所能胜任。由于电影是通过银幕展现的视觉艺术，因此，情节的发展和人物的思绪变化、环境氛围的渲染，需尽可能运用可视的动作和具体的形象来展示。语言力求生动、简练、口语化，并符合人物的性格和时代特征。在将名著改编为电视剧时，虽然在表现手法上，对时间和空间的把握有更大的自由，完全摆脱了舞台和文本的限制，但由于受电视接收屏幕和播映时间的局限，角色不宜太多，剧情不能如电影故事片那样曲折复杂，拍摄场景的更换较少，多采用中近景和特写镜头，结构要求紧凑，要多用悬念，富于戏剧性，只有这样才能引人入胜，取得青出于蓝而胜于蓝的视听效果。

由英美文学名著改编为影视而取得成功的实例甚多，除我们较为熟悉的根据小说《飘》改编的《乱世佳人》外，尚有根据狄更斯小说《伟大的期望》改编的《孤星血泪》，根据哈代小说《德伯家的苔丝》改编的《苔丝》，根据夏洛蒂·勃朗特同名小说改编的《简·爱》，等等。就说电影《苔丝》吧，将哈代的文学作品改编为影视艺术的难度是很大的，因为读者对小说原著的文本印象深刻。导演波兰斯基也深感这种难度，他在改编时这样说："最大的困难就是要把500多页的故事浓缩成一部普通长度的影片，而又不至于把重要情节删去，保持故事的充实。"此片改编的成功在于忠实原著的精神，体现了原著的风格。哈代善于描写自然景物，常常用自然景物来说明周围的环境和人物的性格。在他的笔下，自然风景本身仿佛就是一个有性格的人物。这些原著精神和哈代风格都在改编的影视艺术中获得了生动的体现，如春天的养鸡场、夏季的奶牛场、腊月寒冬的农场等，鲜活地呈现出英国威塞克斯农村的景色。

电影《苔丝》公映后，英法文坛好评如潮，称赞导演"选择了一种朴素的、陈述式而又相当完美、出色的导演手法来重现维多利亚时代英国乡村的环境和气氛"，确认"生动的景色本身就构成一个具有魅力的角色"。在拍摄技巧上，此片走的也是一条新路。较多采用长镜头和全景式画面，体现出作者哈代"多写印象、少写主见"的艺术原则，再现了原著的现实主义风格。影片的思想倾向性是由观众自身思索体验出来的，不是编导强加于观众的。它没有西方电影惯用的时尚手法，放弃性感、悬念、神秘、暴力和疯狂，完全是一种美学和伦理学上绝对纯净的风格。由此可见，将一部文学名著改编为影视艺术，实际上是一次再创作的过程，也是编导运用影视语言技巧对小说文本精神的深度演绎过程。成功的影视编导都是出色的文学研究工作者，他们根据英美文学原著改编而做出的种种努力，业已成为世界各国学坛研究的重要对象；他们改编的艺术硕果，理应包含在当代英美文学研究的范畴之内，并与文本研究相映增辉。

第五节 从男性作家作品中发掘女性主义

从女性主义视角考察英美文学也是当代文学研究领域的一种新走向。女性文学，广义上既指女性作家所创作的作品，也可指表现女性题材的文学。从严格的意义上说，女性文学是指女性作家以呈现女性意识和性别特征为内容的文学，具备女性作者、女性意识和女性特征这三大特点，方可列入女性文学范畴。当前国内评论界所用的"女性主义"和"女权主义"这两个词是从英语 feminism 一词翻译过来的，实为一个英语词汇的两种不同中文译名，前者强调文化内涵，后者偏重政治内涵。在多数情况下，用"女性主义"这一术语概念易于被读者认同和接受，有时两者也可兼用。事实上，女性文学的发展与人类社会的发展是同步的，女性主义者争取女性解放的目标，也是人类社会进步的一部分。19—20世纪英美女性作家的作品内容和风格不尽相同，但有一点是一以贯之的，即努力发掘、寻找女性的自我意识和社会地位，反对父权中心文化的压抑与统治，这就是英美女性文学的真正价值所在。

就国际范围而言，西方对女性主义与女性文学的探讨，大致经历了三个历史阶段：女性主义最早可追溯到法国大革命和美国的废奴运动。然而从 1789 年的法国大革命到 20 世纪 60 年代，由于社会象征体系是以单一的父权为中心建立起来的，女性在追求自我存在的价值时，根本找不到可以与之抗衡的理论支撑点。因此，在这一阶段，女性都认同男性身份，以解放了的男性作为理想化的女性自我。即使是颇具盛名的女性主义理论家弗吉尼亚·伍尔夫和西蒙·波伏瓦也难免落入以男性标准来要求女性的窠臼。20 世纪 60 年代，女性主义进入第二次高潮，英美法各国的女性主义者不约而同地开始构建独特的女性价值观，进而提倡"对抗性"地阅读男性作品，即通常所说的"妇女形象"批评，结果发现妇女形象在男性作家笔下形成两个极端：不是天使，便是魔鬼。肖瓦尔特把这一现象称为"文学实践的压女症"和"对妇女的文学虐待与文本侵扰"。20 世纪 80 年代，女性主义进入"身份批评"阶段。从以白色人种为主体演化为世界不同肤色的各式人等，既反对性别歧视，又抨击种族主义，努力探求少数肤色族裔和女性的双重身份，结果产生的后殖民主义理论将"身份批评"推向新的高潮。综观上述三个发展阶段，所有这些理论都忽视了男性作家在构建与丰富"女性主义"这一理念的内涵方面所做的贡献。这正是我们所要认真开拓与探索的新领域。

女性意识是很难界定的。女人讲的话固然代表了女性，但未必就能表达女性的心声。20 世纪西方的女性主义者则明智地承认，一些女性作家的笔力和叙事话语不一定就能代表女性世界的呼声，而杰出的男性作家笔下却能显现出女性的情怀与爱心。英国作家托马斯·哈代在小说《德伯家的苔丝》中，美国作家霍桑在小说《红字》中，就敢于超越"天使或魔鬼"的传统偏见，真正吐露出西方一代女性的心声。因此，我们在勘探英美女性作家作品时，尤其要重视从男性作家作品中去深入发掘女性主义。

当然，女性作家的作品及其写作与阅读过程仍有其女性文学的诸多特征，如夏洛蒂·勃朗特小说《简·爱》的女性作家故事的特征，米切尔小说《飘》的叙事话语的女性特征，盖斯凯尔夫人小说《玛丽·巴顿》的政治激情特征，等等。女性主义文艺批评家卡洛尔·奥曼认为，《简·爱》之所以久盛不衰，就因其具有"女性作家故事的特征"。另一位女性主义批评家科拉·卡普兰也一再强调自己的批评是"源于对女作家的喜爱"，"女权觉悟"之高低不是最重要的，重要的是"注重于作家表现女性人物在自我发展中内心生活的方法"。这都说明女性文学和性别文化研究的特殊性和广泛性。

就国内研究现状而言，我国对女性主义与女性主义文学的研究，除五四运动时期的新文学中略有涉及外，长期以来可谓是一页空白，直到改革开放时期，外国文学工作者才开始有意识地引进西方的女性主义与女性文学的一些理论，翻译并出版了欧美各国女性作家的代表作品；且多数从社会历史美学角度去评价，没有把西方的女性文学视为一种独特的文化现象，从接受美学、性别文化、叙事话语、结构主义以及后现代主义等多种现代视角予以考察，尤其缺乏从女性作家的创作心态、我国读者的审美情趣以及东西方作家的审美差异等方面进行深入的研究。因此，就英美女性作家作品勘探女性主义仍然是一片不可缺失的原生态地带。

英美女性文学批评的发展过程，大体上与西方女权运动的三个历史阶段相吻合，但不应局限于西方女性主义学者的论断，而应与时俱进，开拓创新。为此，笔者提出如下看法，供学界讨论参考：20世纪60年代至70年代初，它以社团组织为形式，以宣言声明为喉舌，以揭示性别歧视为主要内容，以争取男女平等为目标，此为政治斗争时期；20世纪70年代至80年代初，从强调男女平等转为承认男女性别差异，进而强调女性心理的独特性，集中考察欧美女性作家的文学现象，策划构建女性文学传统体系，以此与男性中心的文化相对抗，此为文本考察时期；20世纪80年代末到21世纪初，转向从理论上勘探女性主义本质、特征、写作信仰及表现形态等诸多问题，这既是理论的建树，又是对前期运动的反思和总结。当前，正处于女性主义理论的反思和重构时期，也是英美女性文学研究的兴盛时期。

第六节　从荒诞载体的深层结构把握现代主义

近百年来驳杂纷繁的文艺现象表明，欧美的现代主义思潮是一种多元化的开放性的艺术体系。现代主义以"反传统"为旗号，在题材、技巧上标新立异，力求新奇，在精神上带有唯主观、唯自我的性质，着力发掘的不是外部的客观世界，而是作者的主观的内心世界。现代主义排斥19世纪巴尔扎克和狄更斯式的批判现实主义，主张按照弗洛伊德的精神分析学说，描写梦境和人的下意识领域，追求表现人们一瞬间的体验与感受。凡是具有上述倾向的作家作品，评论界将其统称为现代派。

现代主义是在漫长的过程中形成的，因而对它的历史分期争议甚多。美国的爱德蒙·威尔逊把现代主义的上限定为1870年，美国的文艺批评家西利尔·康诺利等人认为1880年应作为现代派的起点，而以研究乔伊斯和叶芝诗作著称的专家理·艾尔曼和查·费德尔逊则认为现代主义思潮的起源定为1900年更为合理，英国的麦尔柯伦·布雷德勃则将现代派的开端定于1890年，劳伦斯把1915年看成是现代主义的起点，真可谓众说纷纭，莫衷一是。在英美文学史中，一般将1914—1965年确定为现代主义文学时期，其中又分为四个时段。1965年以后则称为"后现代主义时期"。如此纷繁的界定与划分，当然都有其一定的合理性和可行性，但同时又说明，其间的每一种界定与划分都因学者的视点不同所致。

20世纪60年代开始崛起的后现代主义，既是现代主义的延伸和发展，又是对现代主义规范的对立和超越，实为现代主义发展的一个新阶段，只不过是把现代主义的反传统精神推向更为极端的一面罢了。规范的现代主义与后现代主义在审美理念和哲学观点方面有着重大的区别。前者的怀疑主义主要表现为认识论，谁能认识世界，怎样才能认识世界，其确切性如何，等等；后者的怀疑主义则表现为本体论，即世界是什么，世界是怎样的，什么是世界的存在，等等。后现代主义不仅怀疑理性，也反对崇尚非理性，确认世界的存在纯属荒谬，人性原本丑恶，理性与非理性都不可信。在艺术表现上，规范的现代主义作品虽然重视发掘内心的奥秘，执意追求表现作家主观的真实，但还是按照某种美学形式进行的，仍有某种寓意可以探寻，这样的作品依然具有可读性；而后现代主义的某些文学作品更趋晦涩难懂，叙述角度频频转换，行文随兴所至，留下大量空白，令读者摸不着头脑，由于一味强调形式，在原则上比现代派更为抽象。通常人们将唯美主义（如王尔德的《道连·葛雷的画像》）、后期象征主义（如艾略特的《荒原》）、表现主义（如卡夫卡的《变形记》）、意识流文学（如乔伊斯的《尤利西斯》）等文学流派归为规范的现代主义，而把荒诞派戏剧（如贝克特的《等待戈多》）、黑色幽默派（如海勒的《第二十二条军规》）等实验性的文学流派归为后现代主义之列。有些作家属于某一文学流派，但其某些作品又属于另一流派。如福克纳为"美国南方文学"代表作家，但他的某些小说，如《喧哗与骚动》则是典型的意识流小说。海明威为"迷惘的一代"代表作家，而他的《乞力马扎罗的雪》则是很有特色的意识流小说。可见，虽然作家可以以人画线，将他归属为某个文学流派，但对于具体的作品来说，还得根据不同情况进行具体分析。

现代主义文艺思潮历经百年流变之后，现在该是对它进行回顾和反思的时候了。事实表明，现代主义的每一种文艺流派，都有其创作的兴盛期，涌现出一批有代表性的作家，留下几部或几十部范本式的品牌作品，有的获得世界性的文学最高奖——诺贝尔文学奖。在反思和总结现代主义百年演变轨迹时，我们也应该看到，现代主义的作品绝非尽善尽美，有的文学流派朝生暮死，有的昙花一现，有的时过境迁，已失去势头。到了20世纪末期，世界文学的进程已呈现出向现实主义回归的趋势，这是应引起大家注意的。

同时，我们还应看到，文学流派的生生灭灭，这是文艺发展规律性的体现。正如人类的生老病死一样，长盛不衰的文学流派，先前没有，今后也不会存在。在人类历史的长河中，任何一种文艺思潮或文学流派，历经大浪淘沙，时光荡涤，漂浮而去的是污泥渣壳，被历史存留下来的名家佳作必然是沉甸甸的真金玉石了。对于现代主义所属的诸多作家作品，亦应作如是观。

那么，什么样的现代主义作品会成为经典呢？现代主义的真正价值体现在哪里呢？如果说19世纪前期欧美的浪漫主义是以想象性和抒情性而取胜的，19世纪后半期的现实主义是以其真实性和批判性而取胜的，那么，20世纪欧美的现代主义则是以其荒诞性而取胜的。表现荒诞意识始终是现代主义作家的核心课题，而这种荒诞意识又以演示人类世界共同的生活感受与精神体验为基础。因此，对于现代主义作品价值的认知，不能停留于题材的现象世界，而应从荒诞载体的深层结构中去洞察并把握现代主义生存活力的真谛。

在相当长的一段时期内，人们都认为卡夫卡的小说是一种"无解的方程"，它几乎不存在文本的可解性。其实，世上并不存在真正无解的方程，任何一种现代主义的文艺作品也应是可读可解的，关键在于需要用非常规的方法与方式。尤其是对其艺术结构的认知，需要有对表层与深层的双重把握。深层结构并非是在水平上深于表层结构，而是表层结构的进一步抽象，它蕴藏在表层结构之中，表现为细节片段经抽象而消除感性素材后的隐秘的逻辑形式，经过抽象锤炼处理取得简洁的线条形式。解读这类现代主义作品时，抽象的数理逻辑就大有用武之地了。

在以演示现代荒诞意识为艺术手段，展示人类生存困境的诸多现代主义作品中，约瑟夫·海勒在《第二十二条军规》中创造的"军规模式"，贝克特在《等待戈多》中创造的"等待模式"，是继卡夫卡在《变形记》中开创的"变形模式"和《城堡》中的"承包模式"、加缪在《西绪弗斯神话》中构建的"神话模式"之后，最能经受时代检验、最具永恒魅力的经典之作。尽管每个现代派作家作品的创意和建构不同，但其思维轨迹和运行方式极为相似，都能体现人类生存境况中最为普遍的一种情感体验，可称它为"全球意识"或"宇宙意识"。对于这些以荒诞载体构建而成的现代主义作品，除运用反映论解读外，更需用表现论解读，尤其要运用特殊的数理逻辑形式，或数理方程来研究作品的深层结构，进而揭示出不同作家的作品在演示荒诞意识、表现人类情感特殊体验中的共同规律。这样的探索与实践能否获得认同，那就应由读者来评说了。

第二章 美国华裔文学

第一节 美国华裔文学中的西方文学传统

美国华裔文学中的中国文化影响受到中外批评界极大的关注，而他们作品中的西方文学传统却很少有人研究，其意义也被忽视，致使对华裔文学及其接受的阐释和评价有较大的片面性。事实上，华裔作家受到西方文学传统的影响要远远大于他们所受到的中国文学、文化的影响。这一现象的形成有着复杂的原因，其中美国语境中的东方主义的影响是主要原因之一。本书以美国华裔作家中的两位重要作家汤亭亭和赵健秀为例，通过阐释他们作品中的西方文学传统，说明贯穿于他们作品的其实是一套美国价值观。汤亭亭虽然获得各种足以证明她的作品是美国主流文学的大奖，但是美国学界仍有不少人将她冠以"族裔作家"的称号，从而将她符号化。这表明了美国学界的东方主义倾向。而中国学界中不少人也仅仅把汤亭亭看成是华裔作家，想当然地以为她是在美国文化圈中弘扬中国文化，这其实也是一种误解。有文章从互文性的视域对赵健秀（Frank Chin）的长篇小说《甘加丁之路》进行了分析，说明声称在文学作品中捍卫和传承中国文化的赵健秀，其实表征更多的也是西方文化和文学传统，只是表现手法不同于汤亭亭而已。

这一切都是因为汤亭亭被降格以待。有学者指出，在美国文学批评的传统中，文类的分野存在着高下之分。比如悲剧被视为高档文类，而喜剧则是低档文类；很长一段时间内，女性作品被划在闺中读物或情感浪漫之列，并不是严肃的文学或文学性高的作品；自传和奴隶叙事一样，都被认为缺乏艺术价值；族裔文学理所当然是低档文学，民间小说是部落文化的"口头史"。而先锋派小说和"艺术小说"都是所谓的高档现代派小说，后现代小说更是被标记为男性文类和"精英"小说，是欧洲父权式小说。正因为此，纳博科夫的《洛丽塔》没有被视为自传类文体，而汤亭亭的《女勇士》一开始就被定位于自传体。其中的区别说明了美国文学批评界的东方主义势力将同样具有西方传统的文学分出主次、高下，也揭示了华裔文学由于种族歧视的现实在美国面临的种种困境。

汤亭亭受到西方文学传统深刻的影响是很自然的。20世纪70年代，汤亭亭是加州大学伯克利分校的英语专业大学生，曾系统学习过西方文学经典，尤其是受到形式主义大师们，诸如劳伦斯·斯坦恩、马塞尔·普鲁斯特、詹姆斯·乔伊斯、弗吉尼亚·伍尔夫、格特鲁德·斯坦恩、艾滋拉·庞德、T.S.艾略特、威廉·卡洛斯·威廉斯、弗拉基米尔·纳博科夫、塞缪尔·贝克特的影响。汤亭亭也受到当时一些文学思潮如意识流、实验派小说、法国新小说、后现代小说、黑色幽默、荒诞派、垮掉派诗歌等的影响。

  复旦大学出版社出版的英语著作《语言的铁幕：汤亭亭与美国的东方主义》，对汤亭亭作品中的西方文学传统从主题到创作手法进行了论证，从文学谱系的角度对汤亭亭作品中后现代手法的渊源进行了追溯。该书的作者结合后殖民理论，描述了美国的东方主义对美国文学批评的影响，指出流行于美国文学市场和媒体语言中的东方主义及其对大众意识的影响，是美国学界误读和曲解汤亭亭的主要原因。该书认为汤亭亭的《女勇士》是典型的后现代拼贴（Post-Modern Arabesque）。"拼贴"（Arabesque）一词指由主题和意义联系起来的一系列短篇故事。汤亭亭的三部小说，无论是《女勇士》《中国佬》，还是《猴王孙行者》，都无一例外地属于这一模式。而这一模式属于西方文学传统，虽然它受到东方文学的影响。美国主流作家巴思于1968年出版的《迷失在游乐场》也属同类。巴思声称他是受到《天方夜谭》和薄伽丘的影响。1972年巴思出版了他的获奖小说《客迈拉》（Chimera）——《阿拉伯之夜》的续写。巴思将幻想、现实、神话、虚构、阴性化和东方化的希腊神话以及东西方的经典传说等诸多文学元素杂糅在一起。巴思后来将这一特点的文体命名为"后现代无序拼贴"（the Post-modern Chaotic Arabesque）。在美国后现代小说中，具有无序拼贴特点的远远不止一两个作家，托马斯·品钦的《万有引力之虹》、昆德拉的《布拉格之恋》、卡尔维诺的《如果在冬夜，一个旅人》和纳博科夫的《幽冥的火》，这些作品都有幻想和现实、幽默和恐怖、幻觉和反幻觉的特点。如果把汤亭亭的三部小说放在后现代的框架中审视，就不难发现它们都有明显的后现代无序拼贴特点。如果主流作家们的后现代无序拼贴是西方传统的、主流的，那么汤亭亭的后现代无序拼贴没有任何理由成为边缘的、族裔的。文学形式应该以文学作品为评价依据，而不应该以作者的文化背景和性别身份为依据。正因为此，才有必要研究汤亭亭作品中究竟是以中国文学传统为主，还是和其他书写同样主题和风格的男性白人作家一样，是在书写"美国文学"。只有这样，才有可能看出美国的东方主义如何通过将汤亭亭符号化为族裔作家，来实现将其边缘化之用心的。

  值得注意的是，东西方文学传统从谱系上有时竟然难以截然分开。后现代无序拼贴中的拼贴——Arabesque——经常指阿拉伯东方，从叙事形式角度，它来自亚洲的波斯经典《天方夜谭》（又译《一千零一夜》）。小说《天方夜谭》中有许多阿拉伯、波斯、印度等亚洲国家几千年来流传下来的寓言、笑话、轶事、说教故事、比喻、童话和传说。《语言的铁幕：汤亭亭与美国的东方主义》的作者在研究拼贴时一直上溯到薄伽丘、乔叟，直至西方哲学的老祖宗之一柏拉图。作者发现，无序拼贴作为后现代元小说的原型，其写作传统可以追溯到柏拉图的《会饮篇》。柏拉图被西方学者认为是第一位浪漫主义作家。然而，在《会饮篇》的写作中，柏拉图却被认为受到当时的东方哲学和神秘主义的影响。假如通过柏拉图追溯德国浪漫主义的拼贴，或通过施莱格尔追溯德国浪漫主义，我们很可能发现，东方文学和东方哲学、宗教在很久以前就已经进入西方思想和文学创作了。东方主义期待的"东方妻子的故事"老早就存在于希腊文明和文学之中了。因此，文学中的故事叙事技巧不可能是纯粹的"西方的"。根据阿拉伯文学专家的研究，波斯的《天方夜谭》早就深入影响到西方文学想象，从罗伯特·路易斯·斯蒂文森的《新天方夜谭》到博尔赫斯的《夜》。如此看来，如果一定要分清后现代无序拼贴的传统渊源，它倒是应该划归为东方文学传统。从这个意义上说，《堂吉诃德》《一个荒诞的故事》《白鲸》等西方文学经典都有继承东方文学的传统，也只有在这个意义上，汤亭亭继承的才是东方文学传统，而不是西方文学传统。

不少研究都发现，如果用互文方法研究《女勇士》，就不难发现《女勇士》中女主角的故事与霍桑的《红字》十分相似。可以说汤亭亭的故事非但不是有"异国情调"的东方故事，反而就是发生在美国人民身边的事。在美国的东方主义性观念中，对女性的压迫和对女性的性压迫，都只是发生在东方的"蛮荒之地"的事。事实上汤亭亭更多地受到西方文化和文学的影响。比如，当问及唐敖的变性情节时，汤亭亭曾明确表示她是受到伍尔夫的《奥兰多》的影响。美国的东方主义成为误读汤亭亭的主要问题。其实汤亭亭创作的是美国文学，这是毫无疑问的。汤亭亭自己也说过："事实上我认为我的小说更为美国而不是中国。我感到我在把自己构建和创造成美国人，让每一个人认识到，这些角色是美国人。尽管我对中国人有深刻的记忆，但是他们都是美国人。而且，我在创作的是美国文学的一部分，我非常清楚我在这样做，是在给美国文学添砖加瓦。评论家们还没有认识到，我的作品是美国文学的另一个传统。"尽管汤亭亭开创了华裔在美国的西方传统，她仍然被西方读者指认为"中国的"，说明汤亭亭作品仍然处于美国的东方主义化的学术批评的阴影之下。

另外一位重要的美国华裔作家赵健秀，也同样表现出明显的西方文学传统，而这个特点也同样经常被忽视，不同的是赵健秀表现的方式与汤亭亭有较大的差异。本书以赵健秀的小说《甘加丁之路》为例进行说明。在这部小说中，赵健秀的创作语言不但不是在凸显族裔特征，甚至有些要忽略族裔特征的迹象，而其中西方文学传统的影响比比皆是。

我们知道，文学语言之所以区别于非文学语言，很大程度上在于文学语言依靠语言的引申意义，即语言所引起的联想和想象以及语言本身含有的暗示和暗指。赵健秀在该书中频繁大量地使用电影名和文学作品名来进行暗示和暗指，通过引申来完成小说的创作；通过内容互文、题目互文、角色名互文实现了语言互文和文化互文，有效地深化了小说的文学性和文化塑造性，而这些互文主要建立在西方文学传统的基础之上。在《甘加丁之路》中，人名所起到的作用是不可忽视的。比如小说的主要角色尤利西斯，他的名字是取自爱尔兰作家詹姆斯·乔伊斯的小说《尤利西斯》；潘多拉其名字来自希腊神话中的"潘多拉魔盒"，比喻带来不幸和灾难。"关公在亚洲被看成是'中国战神'，在西方被看成是'中国的普罗米修斯'。""我们家的姓是战神关公的姓……他们说关公是关姓家族中最伟大的人。妈妈说关公就像中国的约翰·韦恩。妈妈的大姐芙蓉阿姨说他看上去更像中国的克拉克·盖博。"

约翰•韦恩常在美国西部片中扮演硬汉、英雄。"我们就是桃园结义的三兄弟,我们是三个火枪手。"《三个火枪手》是法国大文豪大仲马的小说,作为杰出的通俗小说在西方流传甚广。阿多斯、波尔多斯和阿拉米斯三位朋友勇敢、正直、仗义。有西方文化背景的读者看到阿多斯、波尔多斯和阿拉米斯三位剑客的名字,就能理解《三国演义》中的刘备、关云长、张飞是什么样的人物。赵健秀用西方电影中的角色来说明中国文化中的人物。赵健秀在用电影名互文时已达到法国学者克里斯蒂娃所说的"无意识状态和自动化状态"。

电影浸润着文化和历史,赵健秀用大量的电影名来互文。对于美国读者,特别是看过这些电影的读者,这些电影名字的提示可能起到一字千金的修辞效果,而对于其他文化背景的读者,尤其是对这些电影一无所知的读者,仅仅用电影名来描述可以使描述不知所云。"像《公民凯恩》中的奥森•维尔斯那样,我勃然大怒。"奥森•维尔斯究竟发怒到何种程度,读者并不能读出。这样的例子不在少数。对于西方读者,赵健秀对电影名的应用虽然描述简要,但是由于电影名的联想、暗示和引申作用,这种描写看似"薄描",却是"厚描"。因为电影名能引申出文化符号的所有可能意义,引申出其产生的具体文化环境和社会背景。小说中的尤利西斯是赵健秀的化身。在作品中尤利西斯说道:"他这么说也许是想起了托马斯•沃尔夫、迪伦•托马斯、詹姆斯•乔伊斯都是在流放中了却一生,把他们当作了我。""我"是什么样的人,赵健秀并没有具体描述。读者对托马斯•沃尔夫、迪伦•托马斯、詹姆斯•乔伊斯流放经历的所有理解加在一起,就是"我",可谓言简意赅。虽然对于读者来说,这些是含混的、不确定的,然而正是其不确定性,将解读引向对更为丰富的意义的追寻。赵健秀通过对电影名的应用,产生了他独特的"话语":简要,但不失丰富。然而,对于非西方文化背景的读者,这种简约的电影名描述带来的更多的是意义的缺失。没有作家愿意看到自己作品意义的大量缺失。从这个角度看,赵健秀心目中的读者是有西方文化背景的读者,赵健秀的话语是浸润着浓厚西方文化的话语。事实上,赵健秀认知的文化和亲身经历的文化充满了美国主流文化价值观,或者说赵健秀表现的基本上是美国文化的价值观念。电影对于赵健秀而言,就是接受文化的主要媒介和渠道之一,这些电影灌输、传递着文化。

罗兰•巴特说道:"任何文本都是互文本。在一个文本中不同程度地并以各种多少能辨认的形式存在着其他文本,例如,先前文化的文本和周围文化的文本。"互文性理论作为一种强调文本影响研究的文学理论,也必然会注重文本背后的文化影响研究。从互文性的视域审视赵健秀的《甘加丁之路》,他的互文策略表现出他的文化影响的来源。在赵健秀的文本中,互文批评关注的所谓"先前文化"和"周围文化"基本是美国文化。

以大量的西方电影和文学名著作为参照框架,可能令没有足够西方文化背景的读者不知所读。即便是对于西方读者来说,赵健秀语言符号的不确定性也未必能够引导出充分的解读。无论对西方读者,还是中国读者,语言符号的不确定性都导致阐释的无限性。加达默尔认为,阅读过程涉及读者和文本双方的对话和"视野融合"。读者所带来的时空视野和个人视野构成了阅读过程的"前理解",文本的意义就是读者的视野与文本的视野进行有效对话的结果。由于该理论认为文本意义主要由读者决定,它实际上将意义的本源从文本转移到了读者,读者在意义生成过程中的作用大大提升。

法国批评家巴特将文本中的所有能指归纳为五种代码:解释代码、语义代码、象征代码、布局代码和文化代码。赵健秀《甘加丁之路》中的电影名可以说起到以上五种代码的作用,既是解释性的、描述性的,也是象征性的,又都是叙事结构布局和文化性的。

如果我们用比较文学的方法和跨国主义的视野,了解并认识到美国的东方主义传统及其形成的历史、文化、意识形态等原因,就不难发现美国的东方主义传统对于接受和阐释美国华裔文学的影响。美国华裔文学是美国文学,而且表现出明显的西方文学传统。由于美国文学市场试图将华裔文学划归为族裔文学的狭小范畴内,给它们打上族裔的标记,便有意地淡化了美国华裔作家的艺术成就,有意地将其族裔化而后边缘化,背后的原因是美国由来已久的东方主义传统。认识到这一点,对于我们全面评价美国华裔文学有着重要意义。

第二节 跨文化视角下的记忆、文学与历史

近年来,记忆成为文学研究和文化研究中一个无法回避的问题而引起广泛的关注,并成为研究的热点。其实早在20世纪20年代,文学家就已经在探索记忆的作用。普鲁斯特被誉为"一百年间只出现一次"的小说《追忆似水年华》,就被认为是一部无意的记忆的纪念碑,而且是一部无意的记忆如何发挥作用的诗史。有学者甚至认为普鲁斯特是在发现了一种"记忆的形式"之后,才真正开始了他的小说创作。而这种记忆形式就是被翻译成"无意的记忆""非自主记忆""非意愿记忆""不自觉记忆""不由自主的记忆"等的一种记忆。所有的这些译名想强调的都是记忆行为的不可操控性。记忆的不可操控性以及记忆的其他特征,对于历史建构、文化传播和历史真实的唯一性等问题的认识,都是颇为关键的,对于我们在本书讨论的中国历史和文化在美国华裔文学中的表征问题,也是十分核心的。国外越来越注重跨文化研究和跨民族研究,注重与此紧密相关的记忆在族裔文化建构中的作用,这无疑给族裔文学研究带来了新的视角,也给一些关键的问题提供了答案。本书试图从跨民族和跨文化的视角探讨美国华裔记忆中的中国文学和文化所发挥的作用,研究美国华裔对祖籍国文化的认识途径和规律,以期给解读美国华裔的文学和文化提供新的视角。

从定义上讲,记忆主要指人脑对经验的事物的记忆、保持、再现和再认,也指被回忆、被记住的事物,对往事的阐释。本书关注的主要是中国文学作为美国华裔的祖籍国文学,在美国华裔的想象和记忆中所发挥的作用,并以此推开,探讨记忆在离散文化这样更大范围的建构中的作用。在美国,华裔经常被指涉为离散者或移民。虽然离散者和移民都离开家园而移居他国,但是两者是有区别的。有学者指出,移民涉及的迁徙过程往往以落地生根为目的,而离散者则更注意离散过程,视漂泊为基本生存条件,同时可以凸显离散主体

与母国和居住国之间的心理和政治距离。按照这个区分，美国华裔似乎兼具离散群体和移民群体的特点，因为他们虽然已经归化为美国公民，以美国为居住地，却并没有以漂泊为生存条件，尽管他们意识到与祖籍国和居住国之间的距离。那么，他们到底是离散者，还是移民？抑或两者都不是呢？从不同的角度看问题，会得出不同的结论。从美国语境的角度看，华裔是离开祖籍国的，所以美国人称华裔为离散者（一些华裔作家也自称是离散者）；从中国语境的角度看，华裔的先辈是移居国外的，所以中国人称华裔为海外华人；而作为华裔，为了抵抗美国的种族歧视，为了争取与其他美国人平等的地位，宣称自己为美国华裔或美国人。因此，视角不同，对华裔的称谓便不同，对他们的认同也有区别。美国华裔的认同，与他们的物理归属有关，也与他们的精神归属有关。在离散文化研究中，华裔通常也被称为离散者，美国华裔的文化和文学也表现出明显的离散族裔的特点。

可以说美国华裔在不同程度上都受到中国文化和文学的影响，他们对中国文化的表述又经常被他们居住国的读者认为是中国文化的准确表征。对于他们所表征的中国文化，美国华裔之间也持有不同的看法，他们的不同意见甚至发展成为"何为准确的中国文化"和"如何精确地表征中国文化"的涉及历史的真实性和叙述的确定性等问题的辩论。我们知道，对历史的阐释和表征是无法脱离记忆的参与的，因为对历史的叙述在很多情况下是通过个人记忆或集体记忆而抵达的。但是，记忆的特点决定了记忆具有不确定性和断片性，记忆的主体可以选择记忆什么、不记忆什么和如何表述记忆。如果说历史是建构的，那么记忆在建构历史和文化的同时，也制造了记忆本身。因此，便有了巴巴称之为"没有记忆的记忆"和"没有遗忘的遗忘"。民族叙事的开始，可以说就是对民族记忆进行筛选的开始。巴巴认为记忆和遗忘是民族的本质："联合历史的记忆和保证今天的愿望，这是民族的心愿。"民族记忆可以选择遗忘历史上发生过的令人不愿回忆起的事件，也可选择记忆民族愿意记忆的事件。对于有的作家，历史干脆就是记忆在适当的灵感激励之下产生的虚构故事。因此作家对记忆的选择是有明确目的和动机的。需要精神鼓励的华裔女作家会选择超女木兰，需要英雄主义的华裔男作家会选择战神关公，在表征他们记忆中的民族英雄时，他们不会记忆主流不接受的或他们不需要的记忆。回忆作为记忆的行为，也如昆德拉所说，不是对遗忘的否定，"回忆是遗忘的一种形式"。记忆的可选择性特征说明记忆是主观的、不完整的。记忆在这里经过了有意识的筛选和编程，有着人为的操控。我们对这一点应该有清醒的认识。

记忆在离散文学和文化研究中占有非常重要的地位。20世纪90年代，美国学术界就用族裔文本来研究族裔，这本身就证实了在身份讨论中族裔作家的记忆之重要。记忆之所以重要，是因为记忆是散居族裔传承祖辈文化的重要方式，也是他们的文学表达方式。对于汤亭亭的《女勇士》是不是回忆录的问题一直是有争议的。托尼·莫里森认为，《女勇士》不是自传，而是有意识的"再记忆"，"是在通过口头传说和文本形式去倾听并诉说我们所知道的各种过去"。

再记忆明显有创作的成分，它是建立在作家个体记忆之上的一种创造性记忆，所以说再记忆是一种新的叙述。在再记忆中，作家有很强的主体性。作家有选择的余地和自由，也有选择的原则和思想。他们对祖籍国的文化不再是简单复制。作家可以选择去创建或者批判，也可选择去赞扬或者抵制。他们笔下的文化既不同于祖籍国的文化，也不同于居住国的文化，再记忆的根据是第三种文化——族裔文化，具体到美国华裔，就是美国华裔文化。美国华裔文化指的是构成美国华裔生活的实际的、具体的内容，以及华裔在美国为生存而进行的拼搏中形成的华裔特有的精神特点和价值观念。华裔文学中的再记忆表征的是华裔文化，它植根于华裔的历史和生活经历。用华裔作家记忆中关于中国的素材塑造的是华裔的历史。因此，族裔叙述便成为"一个文化回复行为"，在作家的个体记忆中展现的是华裔群体作为一个族裔群体的集体记忆。它表现的是华裔族群对祖籍国文化的理解和情感、期望和理想，以及他们对居住国现实的对应和修正。这是因为回忆本身既有重构过去的性质，也有服务于当下的特点。

作为个体的作家如何选择"记忆"，作为社群的族裔群体如何选择自己的"记忆"，这个问题能够反映出个体和群体如何应对、调试和回应历史及其现实的压力。族裔作家正是通过这样一种调试，用自己记忆的祖籍国文化来应对居住国存在的种族歧视的。离散族裔的历史在离散族裔作家的笔下经常被个人化、族裔化，甚至性别化。人们越来越认识到记忆是离不开想象的，建立在想象基础之上的记忆让渡于历史事实和真理。离散族裔对祖籍国的记忆，很多情况下并不是为了找回过去，而是为了证明现在，是他们建构"此在"的一种方式。族裔作家正是利用小说，来构建华裔所共有的"感觉解构"，决定了华裔文化并不简单地等同于中国文化。华裔文化是建立在华裔的生活经历之上的，而这是我们身在中国的读者所没有经历过的，甚至是不了解的。由于族裔群体的认同是通过社群感和共同感实现的，离散社群中的一分子与社群认同，也被离散社群认同为社群的一部分，因此，美国华裔文化使得他们成为一个精神上相互认同的群体。共同的美国华裔文化背景，形成了具有共性的神话化的中国意象，成为美国华裔在中国文化中寻求精神慰藉及支撑的共同特点。

爱德华·萨义德指出，"想象的地理和历史"有助于"通过把附近和遥远的地区之间的差异加以戏剧化而强化对自身的感觉"。美国华裔正是通过将祖籍国神话化或戏剧化，来加强对自己的自信心的树立和对自己形象的重塑的。在重塑中，美国华裔通过中国的民间故事、传说、神话和文学故事，用英语作为语言符码，在华裔文化的理解基础上，构建了一个华裔的家园，一个精神的家园。离散族裔文学中的家园可以是真实的家园，也可能只是一个想象中的地方，而不是一个实际的存在。有一位亚裔美国妇女说道，她作为一个少数族裔的女性……她不是外国人，但是却感到生活在外国。她有时被社区拒绝，有时却因为需要而被接受；她有时有用，有时没用。同样生活在一个社区，这个少数族裔的女性会感到没有被社区接受，说明她与社区之间没有建立起归属感。从另一个角度看，也说明能使少数族裔产生归属感的并不一定就是他们的居住国。虽然从社会层面，他们已经成为美国公民，但是仍然会经常有"感到生活在外国"的感觉。这非常具体地解释了为什么少数族裔和主流美国公民同在一个真实的地理空间，他们却有着两个不同的心理空间。

离散文化研究表明，离散族裔的家园可以是真实的、物质的，也可以是虚构的、精神上的。后殖民批评家霍米·巴巴指出，离散者是离家者（unhomed），但并非无家可归（homeless）。无论在哪种文化中，家都是一个人的归属之所在。可以说归属感与一个实实在在的地理空间有关。因此，在许多文学作品中，归属感非常具体地意味着对家园的拥有。正因为家园关系到归属感，所以华裔作家普遍关注空间、地域和家园问题。著名华裔作家汤亭亭曾经说道："我在这本新书中所做的就是伸张在美国的权利，这一普遍张力贯穿了书中所有的人物，购买住宅就是一种方式，它说明美国才是自己的国家，而不是中国。"汤亭亭似乎在说，一旦拥有住宅，华人就能从移民或离散者变成美国人，完成一次身份的转变。住宅与家、家园的概念是可互换的。因为住宅是"最强有力的心理空间的意象"，因此，家不仅是居住的空间，而且带有养育、起源、归属的意味。家是一个"用墙围起来的归属地"。在美国华裔文学中，与有形的、实实在在的房屋或土地建立所有关系，是一种归属感的建立。这种归属感也包括自我主体的建构与身份认同，寻找家园即是寻找自我。

然而，与有形的、实实在在的房屋或土地建立所有关系，或曰构建归属感，并不意味着美国华裔的家园就一定坐落在他们的居住国。这是因为美国华裔的归属感更多的是一种精神诉求。可以说中国在华裔文学中不但是一个地理位置，也是华裔心中的一个精神位置。尽管居住在美国，但是他们的精神诉求有可能更多的是朝向中国。我们看到，从被誉为"华裔文学祖母"的黄玉雪（Jade Snow Wong），到当代最有影响的华裔作家汤亭亭，华裔作家总是用书写中国文化来表现华裔的优越感，用以消解被歧视的压抑感。几千年的中国文化和悠久的文明，成为华裔颠覆华人在美国负面脸谱化形象的有力武器。华裔在中国文化中找到精神安慰和精神支撑，在中国文化中找到一个逃避种族主义歧视的避风港。虽然有美国华裔作家声称自己是美国人、讲述的是美国故事而不是中国故事，然而正是他们的这种精神诉求，很容易让读者得出他们认同中国文化的结论。两者并不矛盾，也并不相互排斥。

记忆研究包括两个方面，一方面是对记忆对象的重构，另一方面是记忆活动的历史流传。从跨文化和跨民族的角度重新发现想象和记忆，探讨记忆的在文化建构中的各种功能，其意义在族裔文学研究中是不可或缺的，它给族裔文学研究中的身份认同、族裔文化建构等关键问题提供了新的研究视角甚至答案。从跨文化和跨民族的角度阐释美国华裔文学中的中国文化和对中国的表征，也有助于避免人们想当然的误读和误解。另外，区分社会的、物质的认同和个人的、精神的认同，也是非常重要的。事实上，长期以来美国华裔文学的一个重要特征，就是在书写华裔在坚持华裔文化的不同之处的同时，坚持着对根的诉求，这是一个容易被忽视的问题。

第三节　文化政治化：美国华裔文学中的身份思考

理查德·汉德勒曾指出："在20世纪中叶，身份已经成为一种突出的学术和文化构架，尤其在美国的社会科学领域。"身份可以小到对个人而言，也可大到对一个族裔而言。一个群体或民族的文化身份只是部分地由他们的国家身份所决定。文化身份的概念比国家身份宽泛。一个民族的文化身份常涉及一个国家或其国民的特点、特征和特性等内容，而一个人的身份涉及的内容更多。一个人始终同时属于以下不同层面或身份标志：国家层面（按其所属国家，如地域、种族、信仰）、语言层面、性别层面、阶级层面、组织或职业层面。这些层面的不确定性，决定了身份的不确定性。威廉·布鲁姆在对近年来的研究成果作了简要概括之后指出："身份确认对任何个人来说，都是一个内在的、无意识的行为要求。个人努力设法确认身份以获得心理安全感，也努力设法维持、保护和巩固身份以维护和加强这种心理安全感，后者对于个性稳定与心灵健康来说，有着至关重要的作用。"在美国，身份不仅是一个学术研究课题，也是一个少数族裔非常关心的现实问题。身份表示一个人的归属，因此身份也是美国华裔文学的重要主题之一。美国华裔的身份与社会地位紧密相连，社会环境的变化导致身份的变化，使得华裔的身份处于不断变化之中。本书拟以第一代华人作家李恩富、华裔第二代作家刘裔昌和20世纪70年代的华裔作家汤亭亭的作品为例，揭示身份中文化、族裔和社会因素的互动关系，中国文化在不同历史时期对华裔的意义和由此反映出的文化政治化。

一、第一代美国华人的身份

李恩富（音译）（1861—1938）于1887年出版的《我的中国童年》是第一代华人在美国用英语出版的第一部自传体小说，它开创了此类文学的先河，在美国华裔文学史上有不可忽视的地位。李恩富于1873年由中国教育使团派遣赴美国学习，于1887年毕业于耶鲁大学，后做过商人和编辑，并在地区事务中相当活跃。这在排华时期是很罕见的。要了解李恩富及此类作品的意义，有必要了解第一代中国移民在新大陆的状况，从中可以看出中国文化与华裔族裔身份的关系。

据记载，最早三人一行的中国人到达旧金山是1848年。到了1851年，中国人增加到2716人。1882年美国国会通过排华法案时，美国有15万中国人。淘金热以前，中国移民主要做海员、商人和仆人。普通美国人对华人的习俗、礼仪很好奇，也很有兴趣，当时的华人还是挺受欢迎的。淘金热开始后，虽然也存在歧视现象，但是最初的几年基本上是以自由竞争的风气为主，华人与别人有同等的机会。加州州长约翰·麦克杜格尔在1852年1月公众集会上的演讲中说，华人是"我们新接收的公民中最有价值的阶级之一，这儿的气候和土地的特点对他们特别适合"，表达了对华人的欢迎。然而，随着中国移民的增多，竞争的激烈，最初的欢迎变成了敌意。一直被赞誉为勤劳、诚实、节俭、温和的中国人，在报纸上一下子成了卑贱、下作的劳力，是爱搞小团伙的，危险的，欺骗人的，恶毒的。当时的加州州长约翰·比格勒是一个既没有能力，也没有足够的学识和风度来占据州长之位的人，他给加州立法部门呈送去一封有关中国移民的要函，这是来自官方的第一个反华文件。他说中国人既没有兴趣也没有能力成为美国公民，并指责中国人是"不可同化的，不诚实的"。他的这一指责成为反华宣传中对华人的主要指责之一，并一直持续到第二次世界大战。这是美国历史上第一个公开宣称"中国人邪恶"，也是第一次把中国人叫作"苦力"的官方文件。他提出了两个建议：第一，利用加州的征税权力来制止华人进入美国；第二，向国会请愿，要求采取行动禁止"中国苦力"在矿上做工。他的信激化了反华情绪，也标志着加州和西海岸反华运动的开始。

当时大部分华人到美国去是为了挣钱，然后再回中国，他们并没有打算成为美国公民，只是希望美国人允许他们在美国打工。为了让美国人能接纳他们，华人立刻表示赞同加税的提议，以示愿意和解。从此，外国矿工执照税主要瞄准了华工，华人成为加州的重要财源。尽管欧洲矿工和墨西哥矿工比中国矿工人数多得多，但在长达十年的时间里，中国移民赋的税是加州所有税收的二分之一，占州财政收入的百分之十。无论从对待征税的态度，还是从华人写给比格勒的公开信中，华人都是在请求美国人接纳自己，目的是在美国有谋生的机会。华人以客居美国的身份、移民的心态、愿意调和的姿态，接受了美国人对华人的苛刻要求，其中反映出的思维模式、民族性格特征都有明显的中国文化特点。华人的心理基本上是中国文化的心理，他们自己也与中国文化认同。

华人的"苦力"形象，使那些已经进入美国中上层社会的华人如鲠在喉，十分不快。一些进入美国上层社会的华人都以不同的方式表达过反感的态度。李恩富写这个自传也是出于"纠正"华人是苦力这一概念的目的。李恩富曾说过写书的动机："我不断地发现美国人对中国习俗、举止和社会体制的错误看法……他们没法通过报纸或者从在中国旅游的旅游者们写的游记中了解真相。"李恩富的动机是"提供准确的中国形象"。李恩富的自传体小说是一部关于中国的哲学、教育、文学、宗教、礼仪、家庭、饮食和娱乐以及中国文明的百科全书，提供了中国社会的全景图。针对美国人对华人公式化的形象，如不讲卫生、不文明等，书中有大量的对中国文化的描写。李恩富通过描述他小时候在家吃饭的情形，说明了中国人在饭桌上的讲究，并总结道："中国人在每顿饭后都要洗手洗脸。"通过陈述他到美国后在火车上遭遇抢劫的亲身经历，暗示被称为不法分子的华人并没有抢劫，是美国人在抢劫，从此"我明白了美国文明的真正含义"。

除了纠正，李恩富还对中国文化作了积极的介绍，比如他认为"像美国一样，中国基本上是民主的社会，因为在中国没有像印度那样的等级制度。在中国，财富、学识和官职能使出身低微的人升居高位"。李恩富甚至还表示，中国文化在很多方面优越于美国文化。排华争论中的一个论点就是美国人说中国人永远赶不上他们的文明。李恩富明确表示出中国文化优越于美国文化，并与此说抗衡。

在奴隶买卖发展之前，人们多多少少是以一种中立的或者宽容的态度来感知非洲人的，然而一旦三角贸易建立起来之后，非洲人就被重新突出表现为邪恶和野蛮的缩影。当华人作为一个文化群体，它的文化特征被改成负面意象时，改变它的经济原因和政治动机被华人忽视。无论是做苦力的华人，还是文人雅士的华人，都认为歧视是对中国文化的无知和误解造成的。所以他们认为通过介绍中国文化，可以改变美国人对华人公式化了的负面印象，使美国人停止歧视并接受中国移民。但是，无论华人理解与否，他们同样通过文化意象来反对歧视，使文化具有了政治意义。这是第一代华人作家的共同特征。作为广大做苦力的华人，弘扬中国文化的意义不仅仅是纠正偏见和改善待遇，中国文化还是他们的精神支柱，他们仍然期盼着经济上好转以后再回到自己的故乡，回到自己的祖国。据记载，在自由移民期间（1841—1882），大约有一半的华人返回祖国。再者，中国悠久的文明和历史，使他们有种文化优越感，这对于受到歧视、生活在冷漠敌意的异国他乡的华人来说，是种精神慰藉，所以第一代华人选择了中国文化代表他们的文化身份。

二、华人第二代的美国化与中国文化

1882年开始实行排华法案后，中国移民的人数大幅度下降，出生在美国的中国移民第二代人口却稳中有增。1920年时，出生在美国的华人，即所谓的ABC(America-Born Chinese)，已经占华人人口的百分之三十，到了1940年增加到百分之五十。华人第二代与第一代有很大的不同。他们生在美国，长在美国，讲地道的美式英语，接受美国教育，有自己的亚社会圈子。对于第一代，中国是他们总有一天要回去的家；对于第二代，美国是他们唯一的家，他们对中国的感情不同于父辈，他们在文化上、经济上和感情上与中国都没有什么联系，所以第二代从各方面都很美国化。他们如此美国化，以至于早在20世纪20年代的时候，就被认为是"东方人的外表，却不是东方人"。刘裔昌的自传《父亲和光荣的后代》，就反映了20世纪上半叶的第二代人同化的过程和面临的问题。

刘裔昌出生在一个殷富家庭。刘裔昌的父亲是旧金山华人社区的一位重要人物，拥有几个干货店，雇工约五十人。父亲给他取了一个美国人的名字，以加州州长、共和党人乔治·帕迪的名字命名。当大多数华人都集中住在唐人街的时候，刘裔昌家已住在白人居住区。所以刘裔昌从小生活在白人社区，与白人主流文化相融。华裔第二代生长在美国文化中，接受了关于平等、自由和个人主义的思想影响，认为自己和其他美国人是平等的。和其他美国孩子一样，刘裔昌也有美国梦，他的梦想是成为美国总统。然而，尽管自己觉得他和美国人没有两样，他的美国名字、出生地、语言和服装、举止等，但他和美国人的社会地位并不平等，因为他是华人。他认识到：如果华人要想取得和欧洲人一样的平等地位，他们就得抛弃各种不受美国人欢迎的中国习俗。

排华时期，华人被认为没有能力同化，因而被剥夺了成为美国公民的权利。数据显示，到1940年时，只有百分之三的华人从事职业和技术性工作。在这种社会背景下，当刘裔昌向白人同事说起他的理想是当美国总统时，他遭到了讥笑，因为这听上去无疑像天方夜谭。刘裔昌认识到是自己的族裔身份阻碍他实现美国梦，认为中国文化身份是他同化的最大障碍，只有割断自己的族裔联系，与中国文化决裂，才能被美国人接受。白人种族主义的标准成为刘裔昌自己选择文化身份的主要考虑。这正如杜威在讲到黑人时说的所谓"双重意识"，即通过别人的眼睛看待他们的自我，用这个充满蔑视的世界的标准来衡量自己。这是美国黑人和其他少数族裔的特点。

刘裔昌美国化的过程，也是他异化于中国文化的过程。为了表现自己是真正的美国人，追求美国社会的认可，刘裔昌还对中国文化进行攻击，说父亲的中国习惯和想法是奇怪的，不可理喻的，丢人现眼的。父亲为了让刘裔昌保持与中国文化的联系，建议他学习中文，遭到刘裔昌坚决反对。为了证明自己同化的彻底，刘裔昌娶了新英格兰地区一个白人妇女为妻，但并不按中国习惯禀告父母。刘裔昌表示出对中国文化的蔑视和否定，然而，令华人第二代束手无策的是他们的族裔特点。他们可以否认与华人社群的关系，可以全盘接受美国生活方式，但是，他们无法改变自己的肤色，黄皮肤成为通向平等的永久障碍。当华人第二代想要适应主流文化时，社会环境限制他们的理想实现，他们非主流文化的族裔特征和文化特征，是他们获得平等社会地位的无法逾越的障碍。

刘裔昌的《父亲和光荣的后代》发表于1943年，是华人第二代在美国出版的第一本英文自传。它表现了20世纪60年代以前的华人第二代如何追求美国人的认可，以及为了成为"真正的美国人"，他们如何异化于中国文化，然而仍然不能被接受为"真正的美国人"。与第一代华人不同的是，他们不以客居美国的身份出现，华人第二代自己认同为美国人，要在美国争得社会地位和认可。为此他们抛弃了中国文化，目的是与美国主流文化保持一致，被主流文化接受。在美国这样一个移民国家，所谓政治不仅仅是政党政治或政权政治，而且包括各种各样的压迫和对立关系。反对被排斥、要求平等是一种政治立场，所以对文化身份的选择成为政治选择。

刘裔昌对中国文化的批判态度代表了美国排华期间华人想要同化的心态，反映出在排华这一特定历史时期华裔与美国主流文化的关系，华裔的心理和华裔对中国文化身份的外在形象的态度。第二次世界大战以后，中美成为盟国，随着中国人形象的改善，美国人对华人的态度也有好转。比《父亲和光荣的后代》晚七年发表的黄玉雪的《华女阿五》，则从较为积极的态度表现了华人寻找中美文化之间的联系，认为可以把两种文化结合起来，使华人能生活在两种文化中。在黄玉雪的作品中，华人对中国文化不但不蔑视和否定，而且引以为自豪。当1950年黄玉雪发表《华女阿五》时，排华法案已被取消，美国人对华人态度的转变，也给了华人一个通过文学作品重塑华人形象、赢得主流文化接受的机会。华人在20世纪50年代地位的改善，使美国人对华人文化特征的偏见有所减少，社会环境和政治氛围改变着华裔对中国文化的态度和身份定位的选择。

三、华裔文化身份的再变化

汤亭亭的成名作《女勇士》发表于1976年。《女勇士》由五个故事组成，每个故事独立成章，但五个故事又由一条主线相连，那就是给沉默不语的像无名女那样的华裔妇女找到表述的声音和身份。《女勇士》是一部女权主义小说，汤亭亭因此饱受被边缘化的心理和感情的折磨。作为华裔，而且是华裔妇女，她深感种族歧视和性别歧视的双重压迫。她生活在母亲故事中的中国文化和美国现实带来的矛盾和困惑之中。在《女勇士》中，汤亭亭用了大量的中国文化意象来表达小说的主题。小说以中国古代文化中的女英雄花木兰为原型。花木兰六岁开始练功，她往空中一跳，能跳二十米之高。十五年后，她手指指向天空之处，有利剑在天空出现，她能用意念控制利剑砍杀。这是中国功夫，典型的中国意象。中国传说中的木兰从军、岳母刺字等民族英雄故事在《女勇士》中被汤亭亭改造、重塑。中国传说中的花木兰出于忠孝的儒家思想，女扮男装，替父从军。与代表汤亭亭的花木兰截然不同，花木兰不是代自己的父亲从军，而是肩负着为华裔妇女和所有的妇女以及受压迫的人报仇申冤的使命。这是中国传统文化中的儒家思想和现代西方女权主义思想的差别。后者超出文化范畴，有政治意义。中国文化中的岳母刺字，被汤亭亭改成花木兰在背上刺字，刺的并不是"精忠报国"，而是一长串的需要伸张正义的冤仇。同样，儒家的忠君思想在汤亭亭的小说里没了踪影，取而代之的是受到不公正对待的群体需要改变现实的渴望。中国文化意象在此为反对美国社会的种族歧视和性别歧视的斗争服务了。小说中花木兰在军中与丈夫私会，并生下一婴儿等细节也具有明显的美国文化色彩，这在古代中国的语境中是不可思议的。汤亭亭以中国文化的传统、历史、神话为素材，把古今中外、想象与现实糅合在一起，创造出了新的神话，形成了自己独特的叙事语言风格。中国功夫给花木兰带来无比威力，使花木兰战无不胜。它代表了汤亭亭对力量的欲望和为了报仇申冤而对超人力量的需求。汤亭亭用文字做利剑，为妇女申冤，塑造了气势磅礴的妇女形象。

《女勇士》是中国传统文化与美国女权主义思想相结合的产物。古代中国文化的意象和现代美国文化的语境相结合，给汤亭亭提供了无尽的创作空间，两者皆为我所取，为我所用。在两者的结合中，汤亭亭找到了属于美国华裔的声音。小说成了社会宣言，对种族歧视和性别歧视进行挑战。母亲的故事在小说中有重要意义。既然是故事，就可能古往今来，可以是史实，也可以不是史实，它本身就有想象和创作的成分，有较大的主观性。汤亭亭是听着这些故事长大的，她说："我们华裔女孩子听了这些故事，知道了我们如果长大了去做妻子或奴隶，我们就失败了。我们可以做英雄和女剑客。"是代表中国文化的母亲一辈讲述的关于中国的故事，激励了华裔女子的英雄情怀。汤亭亭从中国文化中汲取力量。中国文化使汤亭亭像花木兰一样，战无不胜，具有超人的力量。

然而，汤亭亭并不认同中国人，作为一个华裔，她认同美国人。她说："我是华裔美国人（Chinese American），而不是美国的华人（American Chinese），我强调的是美国。我书写的不是中国，而是美国。华裔美国人绝对是整体的，不是分裂的，并不是一半这个，一半那个的混合体。"汤亭亭在创作《女勇士》之前从未到过中国，汤亭亭小说中的中国"是一个我自己创作的国家"。其实，小说中的中国文化意象也是由她再改造了的。

汤亭亭与刘裔昌的区别在于，刘裔昌以抛弃中国文化为代价，来换取美国主流文化的接受，但失败了；汤亭亭以她所理解的，并加以美国化了的中国文化，重塑她的中国文化身份，却得到主流文化的接受。刘裔昌、汤亭亭的选择和结果是历史背景使然。在排华势力强大的历史时期，刘裔昌一代为了不被排斥，选择了彻底同化，却仍然不被主流社会接受。而汤亭亭生在1940年，《女勇士》写于20世纪70年代。40年代美国学者提出的"熔炉论"，稍后的多元文化论，都使美国主流社会对少数族裔多了一分宽容。60年代的民权运动极大地动摇了白人一统天下的地位，少数族裔的社会地位有所改善。60年代的民权运动，也使美国意识形态发生了很大变化。爱德华·萨义德在1978年发表的《东方学》，揭开了后殖民理论研究的序幕。一些"边缘"性批判诸如后殖民论述、第三世界批评、女权主义批评和美国黑人批评等，因得到主导制度的允许而合法化，得以在学院中流行。随后出现的所谓PC(Politically Correct，政治正确)态度，使得带有种族歧视、性别歧视的语言在课堂上受到禁止，尽管在社会上还时有发生。所以在政治上汤亭亭一代人生活的时代比刘裔昌宽松很多，这使得汤亭亭弘扬中国文化，并因此被主流文化接受成为可能。由此可见，社会环境是少数族裔在族裔身份的定位中一个决定性的因素。从本质上讲，无论是20世纪初的刘裔昌一代，还是20世纪下半叶的汤亭亭一代，在认同美国人时，尽管形式不同，但都是为了追求平等。通过认同于美国人，华裔要改变的是被排斥或者被边缘化的社会地位，而实现这个改变的过程，就是挑战种族主义的过程。正因为如此，华裔在族裔身份定位时，面临的是一个政治选择。他们对中国文化的态度，取决于这个终极目的。

从李恩富开始，向西方介绍中国文化成为华裔文学的传统，然而介绍的动机和内容各有不同。第一代华人介绍中国文化是为了纠正偏见，改变美国主流社会对华人的态度，从而使美国人能容纳华人。第二代华裔汤亭亭介绍的是由她重塑了的中国文化。汤亭亭反映出后殖民理论所关注的族裔散居的特点。根据后殖民理论，散居的族裔在所处的社会文化结构中，依然残存着其他时空的集体记忆。在想象中创造出自己隶属的地方和精神的归宿，用本尼迪克特·安德森的话，就是创造出"想象的社群"。《女勇士》中的花木兰是汤亭亭创造的中国英雄，花木兰的中国性也是汤亭亭塑造的。

第四节 《第五和平之书》的文化解读

汤亭亭的《女勇士》已经成为美国的女权主义经典，与此相比，汤亭亭21世纪的新作《第五和平之书》从主题到风格都有很大的变化。其主题从种族、性别、阶级以及文化身份认同，扩展为反对战争、宣扬和平。和平成为汤亭亭压倒一切的书写主题。汤亭亭从对女性群体的特别关注发展为对全人类的关注。她的写作不再是个人的写作,写作成为她参与社会改革的手段。显而易见,汤亭亭正在努力超越族裔作家的身份,正在走向最终能够跻身于诸如马克·吐温、海明威、索尔·贝娄这样的美国主流大家之列的道路。

《第五和平之书》是一部十分独特的作品,它没有贯穿全书的故事情节,书名似乎源于一本子虚乌有的中国古书,各章间没有必然的联系,甚至无法将它归类于任何现有的文体类别。汤亭亭一如既往地在其作品中加入了大量的中国文化,尽管有些意象发生了变化。然而,正是这些特点,反映了《第五和平之书》的原创性;也正是这些特点,使得分析中国文化在该文本构成中的作用成为解读《第五和平之书》的必要途径。本节拟就《第五和平之书》中的中国文化在汤亭亭小说结构和主题表述方面的作用进行讨论,试图揭示中国文化对美国华裔作家的意义。

一、用中国文化表达作品主题

《第五和平之书》的标题已经显示,汤亭亭想要彰显该书的和平主题与中国文化有着紧密的关系。首先,据汤亭亭讲,该作品的书名来自一部中国古书。很久以前中国曾经有过和平之书,共有三种,书名是《三平书》,告诫人们如何避免战争,如何和平解决争端,但被人为地焚烧了。汤亭亭讲,从秦始皇开始,历代帝王在朝代交替之时便要焚书。因此,和平之书失传了。20世纪90年代初,海湾战争使汤亭亭十分不安,她便开始写一部宣扬和平的书,将其定名为《第四和平之书》。1993年,汤亭亭位于加利福尼亚奥克兰的家被大火烧毁。她已经完成了156页的《第四和平之书》也随之化为灰烬。火灾给汤亭亭带来的物质和精神上的打击之大,以至于在相当长的一段时间里,她都无法读书、写作。汤亭亭感觉火灾带给她的重创与战争带给人们的感受是相同的,便决定将对战争的批评和对和平的向往写成一部书,希望通过写作重建自己的生活,同时也可借以宣传和平的思想,这部书就是《第五和平之书》。

汤亭亭用数十页的篇幅讨论了《三平书》的真实性。从汤亭亭的讨论来看,中国曾经有三部和平之书的说法显然没有足够的证据,然而这并不妨碍汤亭亭写《第四和平之书》《第五和平之书》,或者说用"第四和平之书"和"第五和平之书"来命名自己的作品。而且,《第五和平之书》与所谓的《三平书》在内容上并无传承关系,所以,讨论其存在与否只能有一个作用,即借题发挥,用以说明《第五和平之书》是一部反对战争、宣传和平的书。中国以前到底是否存在三部和平之书,对于汤亭亭已经不重要了,重要的是她要写一部以和平为主题的书。对书名来由的讨论成为主题阐发的组成部分,这是该书的一个特点。在后现代文学中,重写西方经典著作,或重述公众喜爱的故事并非罕见,汤亭亭就重述过花木兰的故事。然而以虚拟的中国古书为书名的引子,书写与古书内容并无传承关系的书,只能说明汤亭亭想要传达的信息,即她的和平思想来源于中国文化。

除了该书的书名,各章的标题也都有浓厚的中国文化色彩,事实上,正是其中的中国文化，使得各章形散而神不散。《第五和平之书》没有贯穿全书的情节。该书的无情节与相对松散的结构，难免使人想到后现代的碎片和拼贴，所不同的是，此处不是细节的拼贴，而是章节的拼贴。该书由四章构成。第一章讲述了汤亭亭在参加父亲去世的满月纪念之后，在回家的路上从汽车的广播中听到奥克兰发生了大火。大火烧毁了奥克兰，也烧毁了汤亭亭的房子。第二章描述了汤亭亭如何在灰烬中竭力寻找《第四和平之书》的书稿。第三章是对被烧毁的《第四和平之书》的重写。该章讲述了一个叫惠特曼·阿新的华裔，因为反对越战而逃避服兵役，离开加州到夏威夷的故事。第四章记述了汤亭亭组织退伍老兵写作，通过写作治愈他们心中因战争留下的创伤，同时也通过反战的书写来宣传和平思想。换言之，在全书的四章中，只有第三章是被大火焚烧的《第四和平之书》的重写，全书没有一个贯穿始终的情节，对传统小说的情节有所期待的西方读者会感到怅然若失。

然而，如果从中国文化的角度看，四章的标题并不松散，而是紧扣《第五和平之书》的书名。四章的标题分别是"火""纸""水""土"。纸由木生，所以如果将"纸"换成"木"，四章的标题几乎是中国文化中的五行。中国古代思想家认为宇宙是由金、木、水、火、土五种物质构成的，它们是宇宙最基本的要素。该作品的标题是和平，而支撑和平主题的是火、木、水、土。如果说汤亭亭是在用中国文化中的五行来说明和平是构成世界的最基本的要素，没有和平就失去了构成世界的基础，非但不牵强，而且紧扣主题。

在西方文化中，"水"代表"治愈"，"土"代表真实存在的东西。所以"水"代表虚构，"土"则代表非虚构。由于要顾及四章标题所包含的文化信息，《第五和平之书》的文体非常独特。形式和表达的混合是过去40年间发生在后现代文学中的现象。许多20世纪60年代和70年代的"新新闻记者"便采用过将各种事实报道和虚构情节混用的形式，更有把小说的传统形式与回忆录和散文结合起来的写法。《第五和平之书》正是将虚构与非虚构混用的作品。它既非纯粹的非虚构类小说，也非纯粹的虚构类小说。出版该书的克诺夫出版社将此书归类为"回忆录"，认为该书虚构的部分基于汤亭亭的生活经历。而汤亭亭则称该书是"非虚构—虚构—非虚构的三明治"。在这一点上，该书明显表现出后现代文学不拘泥于传统小说书写方式的特征，以至于难以将该书归类于任何传统的文体类别。

中国传统文化的重要组成部分儒、释、道，给解读该作品提供了重要的视角。道家文化中的"阴"成为《第五和平之书》的主旋律，花木兰代表了"阴"的精神——和平与爱的精神。"我在写《女勇士》时，我认为花木兰是个女权主义者，反抗压迫。现在我再读《木兰诗》，发现《木兰诗》是关于'回家'，我感到它是一首呼唤回家的诗，是首和平的诗。"在《女勇士》中，代表妇女阶层的花木兰苦大仇深，背上刻着长长的需要报仇的清单，她要为自己家报仇，为全村的人报仇，还要为天下所有的妇女报仇。而在《第五和平之书》中，无论是叙事者自己，还是虚构的第三章中的另一位女性塔娜，都充满了人道主义的爱，企盼和平。她们不仅仅关心女性，她们关心的是整个人类。"请教导我们，让我们在彼此的爱中成长。""上帝，请关照在战场上的儿子们，不要让他们受伤，不要让他们被杀。"这里"儿子"不仅指美国的士兵，"每一位士兵都是某个人的儿子"。汤亭亭关心的是人和生命。

由于汤亭亭书写主题的变化，中国文化的一些意象在《第五和平之书》中也发生了变化。譬如，女性在《第五和平之书》中不再只是被压迫、被奴役的边缘人了，女性是家，是安宁，是归宿。

二、中国文化在汤亭亭作品中的意义

由于美国华裔作家生长在远离中国的异域文化中，他们对中国文化的理解多少都带有自己的主观推理和想象，在虚构文学中尤其如此，这主要是因为他们对中国文化的观察是出于另一种文化，譬如作品中对孔子"有教无类"的理解。汤亭亭写《第五和平之书》的初衷竟是出于孔子的"有教无类"。在《第五和平之书》中，汤亭亭的母亲在梦中对她说："你一直在教育美国吗？你用什么教育这个世界？你教育大家了吗？"……"梦醒后我急不可待地来到学校，去编班，开始教学。教育每个人，这是母亲交给我的任务，是我的职责，我的事业。我母亲总是急于告诉我什么是我的任务：教育美国，教育全世界。"紧接着汤亭亭解释了母亲何以有让她教育人民的想法。她曾在中国的庙里看到悬挂着的四个大字——"有教无类"。"意思是教育不分阶级，谁都可以学习。我母亲从老祖宗那里继承了这一思想，传给我。'教育大家，去吧。'"由此可见，对于汤亭亭的和平宣传和反战宣传十分关键的母训——"教育美国，教育全世界"，其实是来自孔子的"有教无类"，来自中国文化。尽管汤亭亭所理解的有教无类并非孔子所说的"有教无类"的本意。孔子的"有教无类"在翻译成英文后失去了孔子强调平等的教育思想的本意，转而成为"教育国民"的意思，于是汤亭亭便描述为"教育美国，教育全世界"。这个例子体现出，中国文化在美国语境中会发生变化，意义上会有所流失，也会有所增加。

无论是在《女勇士》中，还是在《第五和平之书》中，"母亲"永远是汤亭亭智慧和力量的源泉，而"母亲"是中国文化哺育的美国移民。可以说"母亲"这两个字的意义超出其字面的意义，它可以指代故乡、母国、中国。汤亭亭作品中有大量的中国文化意象，美国读者会因对中国文化的认知有限而误读这些意象，而中国读者则会认为汤亭亭误读了中国文化。这里主要有两个原因：一是汤亭亭对中国文化的观察是美国语境中美国人对中国文化的观察，二是汤亭亭刻意改写她所认知的本身就不准确的中国文化。因此，木兰与岳飞的故事可以移花接木，花木兰时而代表女权主义，时而代表"阴"的精神。中国文化在她的作品中不断地发生着变化。有人批评汤亭亭随意改编中国文化，不准确地引用中国文化，对此，汤亭亭回答说："（批评家们）不懂，神话是需要改编的，如果不能为人所用，就会被遗忘。正如将中国文化带到美国来的人后来成了美国人一样，（中国）神话也成了美国神话，我所写的神话是新神话，是美国神话。"

当美国华裔作家对美国的现实失望时，他们会在中国文化中寻求意象，甚至将中国文化理想化。汤亭亭似乎认为中国文化代表和平，因为书中的和平意象皆来自中国文化，而美国文化则代表抗衡，这一点上，汤亭亭对美国国旗的感想可以佐证："我对美国国旗有种矛盾的心理。美国国旗是战斗的旗帜，是战争的旗帜。我不喜欢在爱国主义感情的驱动下发动战争。美国国旗上的红色、白色和蓝色代表着竞争和民族主义。我想让它代表和平与合作。"

在创作中对中西方文化各有所用，这是华裔美国作家的特点。正是他们对非美国文化知识的使用，使得他们的作品比只了解一种文化的美国作家更为丰富，也给他们的作品增添了域外文化的色彩，因而引起美国读者的好奇。这一特点又常常被美国的出版商所利用，用来增加商业效应。这也是华裔美国作家在作品中常常有中国文化描写的原因之一。

汤亭亭在对待中国文化的问题上再次表现出美国华裔作家群的特点：一方面表现出对中国文化的亲和态度，另一方面表现出对美国人身份坚定的认同。"是的，我们的村庄在中国。""我相信这个故事是真实的，我相信 Hopi 来自中国……这种记号表明这个孩子是我们的人。"汤亭亭明确表现出了对中国亲切的感情。然而，这并不意味着汤亭亭认同中国文化。相反，她明确地表示她是美国人。当惠特曼看到地上插的"美国政府财产"的牌子后，他说："美国政府财产意味着这是我的财产，我的领地，我的峡谷，我的山脉。这是我的土地。我是在我的土地上行走的美国纳税人。"这句话代表了华裔的情感。惠特曼强调的是华人对美国的贡献和他们应得的权利。

汤亭亭正是用中国文化作为写作素材（而不是在书写中国文化和历史），不断地肯定着自己的美国人身份。因为华裔生于斯、长于斯，对美国这个国家做出了重要贡献。他们和任何其他的人一样，是美国人，不是另类。没有任何人有任何理由歧视华人，华人与每个人平等，这就是华裔要肯定自己是美国人的原因。在美国，文化身份认同不是纸上谈兵，不是纯学术问题，它是个政治问题，事关华裔的社会地位与生存现实。要理解美国华裔的身份问题，种族歧视是个关键词。

第五节　华裔文学——美国的少数族裔文学

在美国，华裔文学作为一门课程大多设在美国亚洲研究学科的研究、教学范畴内。亚洲研究的内容也经历了循序渐进的变化过程。著名学者林英敏指出：在这个学科里，亚洲曾主要指东亚的几个国家：中国、日本和朝鲜。近年来南亚和东南亚的一些国家也被包括在亚洲研究的范围内。那么美国亚裔文学指的是什么呢？金伊莲的定义是："美国必须是美国亚裔作品必不可少的背景。"依照这个观点，只有那些有中国祖先的美国作家所写的以美国为背景的作品，才是美国华裔文学。如果作品只讲中国，便不是美国华裔作品。但是问题好像没有那么简单，正如巴赫金和林英敏等学者指出的，在定义"美国亚裔"的范畴时碰到一些难以回答的问题，诸如移民什么时候成为美国人？成为美国公民是不是唯一的衡量标准？一个长期居住在美国，但仍然保留其他国籍的人算不算移民？有不同种族血统的人究竟应该怎样划分？有的作家从种族上讲是亚洲人却入了美国国籍，但是他们不愿意写自己的种族，这些作家属于哪一类？美国亚裔文学是以族裔来定性，还是以作品主题来定性？事实上这些很难一概而论。林英敏认为，如果一个作家从族裔上讲是亚洲人，无论他写作的主题是关于亚洲还是关于美国亚裔，都应该被认为是美国亚裔文学。

美国华裔文学应该说发端于19世纪50年代，但是有相当一段时间，除了容闳、林语堂和天使岛诗以外，美国人对华裔文学所知甚少，即使是伊迪丝·伊顿也是在20世纪下半叶才被发现并被重新认识的。作为华裔文学主体的唐人街文学是在1943年撤销了排华法案之后，才逐步发展起来的。其实移民到美国的华人早在19世纪中就开始办报纸、杂志，就有诗歌等发表，但是因为这些作品大都是用中文写的，不懂中文的美国人无法读懂。因此，美国学者在谈美国华裔文学时，一般不包括用中文写作的作品，正因为此，20世纪初用英语写作的欧亚混血作家伊迪丝·伊顿被认为是美国华裔文学的开山鼻祖。美国人把在亚洲生长后来移居到美国并用中文写作的作家，称为"移民作家"，中国人则称他们为"海外作家"，如陈若曦、於梨华、聂华苓、李黎等，他们的作品属"海外华文文学"，不同于美国华裔的英语作品。

但是，随着美国从事亚洲研究学者队伍的不断扩大，海外作家开始引起人们关注。20世纪80年代初从中国大陆赴美国留学的一些学生，在美国读了博士学位，在高校找到教职，其中有不少是从事与中国有关的历史、文化和文学研究、教学的。这些人利用母语优势，发掘早期华文文学，并用英语发表自己的研究成果，这使得更多的美国学者了解了移民作家的作品。2001年美国伊利诺伊大学出版的《美国华裔文学史》，就翔实地介绍了海外华文文学的脉络和主要作家作品。由此可见，美国华裔文学作品所指的"（1）具有中国血统的美国籍作家（林语堂除外）；（2）用英语写作的；（3）以美国为背景的文学作品"这个概念，也许会得到改变。随着美国的中国研究不断地深入和学者队伍结构的变化，美国华裔文学的研究范围势必不断扩大。

从美国华裔文学的发展来看，华裔作家可以分为五类：第一类，早期移民作家，主要用粤语创作；第二类，早期用英语创作的移民作家，如容闳（1828—1912），其代表作为《我在中国和美国的生活》和伊迪丝·伊顿（1867—1914）的《春香夫人及其他作品》；第三类，用英语写作的侨居美国的作家，如林语堂（1895—1976），他长期在美国生活，仍以中国人自居；第四类，唐人街作家，他们生长于美国，作品主要是关于在唐人街的经历，大多作品发表于20世纪60、70和80年代，如本书选中的大多数作家；第五类，海外华人作家，本书所选作品均是用英语写作的华裔作家的作品。

学术关注是相对近期的现象。只有在近期，一些历史学家才开始把亚裔作为历史的主体而不是客体看待，亚裔历史的进展也像美国黑人史和女性史一样，以学科分支的形式存在。20世纪60年代后期，为了满足学生的需要，美国西海岸的大部分院校和国内其他地方的一些研究机构也开始开设美国亚裔课程，最常见的是系属的多学科研究中心形式，这些课堂的存在使得教科书成为必需。正是这些"亚洲研究""中国研究""族裔研究"等学科的发展，使得华裔的文化和文学成为研究的热点，从而使华裔有了得以被美国主流文化了解和接受的机会。

随着少数族裔作家从被边缘化发展成为后殖民主义和后现代主义文学中的主流作家，美国文学的主体发生了很大变化。在美国的美国文学课堂上不讲非白人作家和女作家的作品，被认为是保守的表现。可以说现在的共识是没有少数族裔文学的美国文学是不完整的美国文学。而美国华裔文学就是少数族裔文学的一部分。里德·尤以达在《新美国：20世纪60年代后的移民》一书中指出："华裔文学已经发展成为美国重要的并广为人知的族裔文学主体之一，这使华裔文学居于美国族裔文学传统的中心地位，使华裔作家作为文化阐释者而处于极具影响的地位。"

2000年我国颁发的《高等学校英语专业英语教学大纲》中的文学部分列入汤亭亭，这是我国第一次把华裔作品列入美国文学的教学大纲。华裔文学是美国文学的一个组成部分。美国华裔文学从20世纪70年代开始形成规模，大多数重要作品发表在最近的三十多年间。了解美国华裔文学将不仅对美国文学的教学和研究产生意义，还将有助于我们对20世纪中后期美国意识形态领域的研究。美国华裔文学的重要主题成为过去三十年间美国文学的主题。例如，种族问题一直是美国社会的主要问题之一。从19世纪中叶华人大量移入美国后，华人的作品中就开始反映种族歧视的社会现实，直到现在它仍然以不同的内容和形式被反映着。性别歧视是女权主义极力反对的。批评界有一种共识：在过去的二十多年里，女权主义批评对社会现实的影响大于其他任何一种批评。美国华裔文学中有不少以性别歧视，特别是华裔妇女遭受的双重性别歧视为主题的优秀作品，以汤亭亭的《女勇士》最为突出。身份问题，更是遍及白人和非白人文学的重要主题。理查德·汉德勒指出："在20世纪中叶，身份已经成为一种突出的学术和文化构架，尤其在美国的社会科学领域。"事实上，因为文学与文化身份的多面性特征和它所要求的跨学科研究方法，文化身份的研究已成为当今世界许多地区的一个重要研究课题。

美国华裔文学研究也涉及重要时期的重要思潮。近三十多年是美国文学史上重大变化发生最多的时期之一。华裔文学研究涉及其间多种文艺和文化思潮，并反映出美国文学发展的趋势。美国是个多种族的移民国家，文化与政治的关系十分密切。在20世纪60年代后出现的文学理论新潮流，打破了原有的文、史、哲之间的界限，使得传统意义上的文艺理论已不单纯是文学的理论，而是关于文化的理论。文化渗透在文艺的各个方面，研究美国文学已经不能脱离研究文化。加之20世纪60年代流行的现代主义中所谓的反传统并不限于反对传统文化，还包括反对现行社会机制和官方秩序，所以政治和文化的概念已分不清楚，在许多方面表现为文化的政治化。

对美国华裔文学的研究还提供了一个对过去三十年来美国文学、文化和社会热点的研究参考，并能从中反映出美国文学的发展趋势。20世纪80年代的文化多元主义改变了文化一元主义的霸权话语中殖民者与被殖民者，也转变了主流与他者之间的位置，结束了将他者控制在无声状态之中的历史。盛行于此时的后现代主义的无中心意识和多元价值取向更加强化了这一趋势，因此，后现代主义最为关注的是少数族裔和妇女文学。

第三章 中国文化视角下的英国文学

第一节 中、英女性文学及其女权主义文学之比较

什么是女性文学？什么是女性主义文学？什么是女权主义文学？中国有没有女权主义文学？在这些问题上，学术界有不同的看法。本章将对中国和英国的女性文学进行划阶段对比，从而说明女权主义并不是一个一成不变的简单概念。在不同历史发展阶段，女权主义和女权主义文学都有不同于以前阶段的表现形式和发展特点。在把中国的女性文学同在西方有代表意义的英国女性文学加以比较之后，我们将能够澄清在这些问题上的模糊认识，并且得出明晰的结论。

所谓女性文学，一般指女性作者以呈现女性意识和性别特征为内容的文学。具备"女性作者""女性意识"和"女性特征"这三个特点，方能列入女性文学的范畴。因此，虽然中国自有女作家写作至今已有约两千年的历史，也有一些佼佼者，如卓文君、蔡文姬、薛涛、李清照等，但是她们的作品都没有形成女性文学。尽管她们的诗词在一定程度上反映了她们的现实生活，她们也以诗言志，或感物抒怀，甚至也有讽刺统治者的诗篇，但是她们的作品没有表现出女性的主体意识，实际上仍然是附庸于以男性为中心的主体文学，没有形成真正意义上的女性文学。如果一定要归类，她们的作品也只能归入"前女性文学"。中国真正的女性文学始于 20 世纪初，以秋瑾为先行者。

英国第一位靠写作谋生的女作家出现在 17 世纪末，她叫阿弗拉·贝恩。到了 18 世纪，女作家就多起来了。据 1773 年英国《月报》报道，小说"几乎全部被女士们购买了"。女士是小说的主要读者，她们和书中的角色一起喜怒哀乐。加之当时妇女很少有在社会上参加工作的机会，而写作则是她们可以不受诸多限制就可从事的工作，女小说家逐渐成为小说家队伍的主要力量。到了 19 世纪上半叶，文坛上出现了大批女性作家，正如玛格丽特·奥利芬特在 1855 年写的，那是"女小说家的时代"。这一时期产生了四位伟大的女作家：简·奥斯丁、夏洛蒂·勃朗特、艾米莉·勃朗特和乔治·艾略特。此外，还有一些至今仍然拥有大批读者的女作家：苏珊·费丽尔、弗朗西斯·特罗洛普、玛丽·雪莱、伊丽莎白·盖斯凯尔、夏洛特·扬、亨利·伍德夫人、汉弗莱·沃德夫人和奥利佛·施莱纳夫人等。由此可见，英国的女性文学滥觞于 18 世纪，蓬勃发展则在 19 世纪。

女性文学并不等于女权主义文学。女权主义是什么呢？据《韦氏新世界字典》定义："女权主义系指妇女在政治、经济和社会上应与男子享有平等权利的原则。"女权主义包括两层意思。第一，女权主义者应认识到在一个具体的社会里女性所受到的不平等和不公正待遇，以及由此而导致的无助与不利。女权主义的根本目的之一就是力争消除女性所遭受的虐待和不平等的现象。女权主义者认识到，女性的处境会因不同文化氛围和不同历史阶段而有很大的区别。为了改变自己的生存环境，女性应采取政治行动，譬如要求修改宪法，或增加女性在参政议政中的参与人数，等等。第二，女权主义者肯定女性自身价值和女性价值观念，即肯定女人的尊严，每个妇女作为个人的价值，以及女性对文化做出的显著贡献。正是基于这一点，人们才把注意力投向过去曾经被过低评价的女性的成就，如女红、园艺和其他女性常常从事的劳动。这个定义告诉我们，具有这两个特点之一者，均可视为女权主义者。换言之，也就是女权主义者可分为两种。主张改革政权，修订法律，重在实现女性各种权利（如选举权、读学位权等）并为此而进行斗争的女权主义者是"政治女权主义者"，而关注女性经验价值和女性对生活的反映的女权主义者，则是"文化女权主义者"。因此，从20世纪初（从秋瑾开始）到1949年中华人民共和国建立，这期间的许多中国女作家和从18世纪末的玛丽·沃斯通克拉夫特开始到20世纪初的许多英国女作家，均可被归在政治女权主义作家之列。也就是说，无论在中国还是在英国，女性文学发展的第一阶段就产生了女权主义文学。从下面的回顾可以看出这个结论是有充分的历史根据的。

玛丽·沃斯通克拉夫特（1759—1797）被认为是英国的第一位女权主义作家，她所著的《女权辩》至今仍被视为女权主义的经典之作。18世纪的英国妇女几乎没有什么权利。1792年《女权辩》发表后，当即遭到揶揄。除了个别极端激进的圈子，很少有人对女权思想表示出兴趣。19世纪末虽然出现过几位女权主义作家，但大都被今人遗忘。从1825年至1850年，最流行的小说大都属于描写上层阶级婚姻和时髦生活的所谓的"银叉派"。这时的女作家虽然没有后来的女权主义作家那么激进，但是，其中也不乏在题材和内容上都有所突破的女作家。在19世纪的不列颠，许多社会问题都是由于工业化、移民和城市化这些相互关联的问题而引起的。当时的一些主要作家都就这些问题写过小说，如查尔斯·狄更斯。可是，实际上首先采撷到这些内容，并将它们写入小说的还是英国的中产阶级妇女，像汉那·摩尔、哈丽雅特·马蒂诺等，最负盛名的要算伊丽莎白·盖斯凯尔。她在小说《玛丽·白登》（1848）和《北与南》（1855）中阐述了中产阶级有必要理解工人阶级的生活和他们的问题，甚至有时还把工人阶级出身的角色描写成在道德品质上优越于上层阶级出身的角色。她的这个观点被狄更斯采纳，并运用于他的《艰难时事》之中。当时女权主义思想可见一斑。

19世纪英国历史表明，在维多利亚女王之前女性在社会中没有什么地位。她们没有选举权，结婚后不能自己支配财产，对自己的孩子没有监护权。中产阶级家庭的未婚女子不得在没有父母陪同的情况下与男子交谈、往来。1837年通过的一些议会法使女性获得了法律认可的一些权利。到 1900 年，妇女虽然仍然没有选举权，但已经比以前自由多了，如开办了女子学校，一些职业也对妇女开放了。妇女为"已婚妇女财产法"而组织的运动从 19 世纪 50 年代开始，历时三十年，终于在 1882 年赢得胜利。1869 年妇女纳税人获得对市级政权机构的选举权，还逐渐获得成为贫民救助委员的权利，并有权参加学校董事会等。妇女开始组织自己的团体，并普遍认识到她们应走出家庭，积极投身于社会活动之中。对于女性应该怎样生活这个问题，人们也展开了激烈的辩论。其中有些问题到 20 世纪还重新被提出。人们普遍认为女孩子不应待在家里，应该成为独立的公民；也不再强调女性的自我牺牲，开始强调女性的自我充实，呈现出明确的女权主义色彩。

中国的女权思想发轫于晚清时的新思潮。此时康有为、梁启超倡导的"不缠足""兴女学"，则是实现男女平等的起点。而 1898 年第一所由中国人创办的女子学校——"经正女学"在上海开设，标志着近代女学的真正开端，从此女学相继出现。戊戌变法前后提出并广为流传的"男女平等"的口号，到 20 世纪初渐渐地被"男女平权"和"女权"取代。柳亚子在《哀女界》中说道："女权"之声始发现于中国人之耳膜。随着女学的兴办和女权思想的逐渐普及，20 世纪初出现了一些女性刊物。1899 年陈撷芬在上海创办《女报》，接着《女子世界》《中国新女界杂志》等相继问世。在女子所办报纸刊物中，以秋瑾创办的《中国女报》影响为最大。秋瑾明确指出，"妇女解放必须和反帝反封建结合起来"，并倡议妇女组织起来。五四运动促进了妇女的觉醒，妇女也开始争取解放。女学生和男学生并肩上街参加示威游行和讲演，开展宣传活动。1919 年底全国各地相继成立了妇女团体，如"中华女界联合会""中华妇女协会""女子参政协会"等，甚至成立了"女权运动同盟会"。该会宣称："我们不相信不打破男女两性的阶级，真正的民主主义能够存在，我们不相信不打破一半是压迫人，一半是被压迫人的人间，会有真正的自由、平等的幸福。"这都是女权思想的具体表现。

从 20 世纪初到 1949 年的几十年，正是中国历史上经历五四运动、抗日战争和解放战争的历史大变动时期。五四运动的主题之一——反帝反封建成为这一时期女性文学的一个母题（甚至延续到 1949 年以后）。在此期间的女作家陈衡哲、冰心、庐隐、冯沅君等，都在作品中表现出强烈的社会批判意识、男女平权思想和对男性正统文化的反叛思想。

从 20 世纪 20 年代到抗日战争爆发以前的女作家丁玲、冯铿、葛琴、关露、草明、白薇、谢冰莹、杨刚等的创作，都有明显的革命倾向、鲜明的阶级立场和浓厚的政治意识。白薇的《炸弹与征鸟》（1928）从大革命写到北伐、西征，直到革命青年在共产党的领导下勇敢斗争。冯铿的《红的日记》《小阿强》，成为最先以文学形式表现苏区生活和红军斗争的作品。有的女作家不仅拿起笔做武器，还投身于阶级解放和民族解放的实践中去。

中国和英国有着不同的历史背景和意识形态，因此，两国女作家在表现女性争取解放时有不同的内容。中国女性文学的兴起较英国晚一百多年，但是二者明显地有着共同特征。第一，女性文学发展历程极为相似。从内容上看，都经历了从写女作家身边的琐事和她们的情绪、感情，到写女性追求经济独立和人格尊严；从写女性的爱情和婚姻，到写社会变革或阶级斗争的过程。这是一个从自我经验开始,到争取女性社会存在权利的历程,它表现出女性争取独立和解放的思想意识。第二,在女性文学发展的第一阶段,都产生了女权主义文学。在这一阶段,两国女性为争得男女平等都在各自的国度掀起过运动,成立过妇女团体,为妇女解放而进行斗争。这些都不可避免地反映在女性文学中而成为女权主义文学。

有些女作家被明确地称为"女权主义作家"(如一些英国女作家),这使得读者很容易理解她们的作品是女权主义文学。可是有些女作家并不自认为或被认为信奉女权主义思想(如中国女作家),但是这并不妨碍她们在作品中,甚至只在一部分作品中表现出对男权社会的反叛,从而表现出女权主义思想特征,并且写出女权主义文学作品。我们认为,中、英女性文学在第一阶段表现出的争取男女平等、女性解放的思想,是政治女权主义者的思想表现,突出表现这个特点的作品就是政治女权主义文学作品。从这个意义上讲,中国无疑有女权主义文学。

如果说在女性文学发展的第一阶段中出现的女权主义作家主要是争取妇女做"人"的权利,那么第二阶段要解决的就是怎样做"女人"的问题。在英语里 feminism 的核心是一个很简单的思想:世界上并不存在高贵和卑贱两种人,从权利关系上看也不存在主宰者和顺从者两种人,无论男女。抹杀这一事实的社会关系必须修正和改变,直到反映出男女平等。为此,女权主义者(信奉 feminism 的人们)的立场是赞成社会各个方面的平均主义。出于这个立场,女权主义者也反对社会上的其他的不平等,如种族歧视、阶级歧视、性别歧视、对老年人的歧视、对非健全人的歧视等。如此看来,20 世纪初流行于中国的"男女平权"与西方女权主义思想实质是高度吻合的。中国不但有女权主义,而且早在 20 世纪初就已经存在。那么反映这个现实的作品被称为女权主义文学,就是顺理成章的了。

著名作家丁玲说过:"欧美有些国家兴起女权运动,有人问我中国有没有女权运动,我告诉他们,在社会主义中国,基本上已经是男女平等,但是在思想意识上,男女不平等的封建残余还比较严重。"在后来的一次谈话中,丁玲又说道:"我们现在没有西方那样的女权运动,我们不需要这样的运动。我们有妇女工作方面的问题,但是没有女权运动。"其实丁玲讲的"封建残余"和存在的"妇女工作方面的问题",正是我们所说的文化女权主义所要解决的问题。这样的女权主义,目前我们显然是需要的。

著名电影导演黄蜀芹在谈中国电影的女性意识时,讲道:"今日中国进入了商品经济的轨道,女人作为男人世界里的附庸的形象重新被纳入社会消费系统……现在商业片中的女性,强调她的三围尺寸及暴露的程度。事实上,这两种相反的要求,都是男权社会对女性的审美观,都是女性本体的丢失和被消解。"这段话从一个侧面反映了中国妇女在社会主义商品经济发展时期面临的一些问题。女权主义并不是一个一成不变的概念。女权主义承认在不同社会和不同历史阶段女权主义有不同的特点。这是很容易理解的,因为"不平等"在不同的社会和历史发展阶段有不同的表现形式和内容。这种观点应当予以肯定,因为它是以发展的眼光来看世界的。从历史上看,女性首先要争取社会解放,然后再争取精神解放。那么作为反映现实的文学，也应该有同样的发展历程。事实上女性文学第一阶段出现的政治女权主义作家，就是要争取女性在政治、经济和社会地位上与男性平等。中国宪法已确保了妇女的平等权利，所以，正如丁玲所说，现在"我们不需要这样的运动"。那么现在我们需要什么呢？怎样解决"封建残余"呢？第二阶段的文化女权主义作家之所以要肯定女性的自身价值、经验和价值观，就是要女性真正在精神上获得解放，因为经济上的独立并不等于人格上的独立。女性必须在精神上做到自爱、自强、自尊、自立，才能获得真正的解放。文化女权主义是对"封建残余"思想的一种扫荡。应该说女权主义争取女性解放的目标，是人类社会进步的一部分。女性文学的发展与人类社会的发展是同步的。而作为以争取男女平等为基本原则的女权主义作家，在社会发展的不同时期也会有不同的关注焦点。

最近几十年的东、西方女性文学显示出，女性要真正获得平等、解放，要想实现理想的女性人生，仅仅反叛男性、只靠女性自己是不行的。相反地，女性必须和占总人口约二分之一的男性一起，共同提高精神文明程度，调整彼此之间的关系，共创和谐。更高层次的目标给女性文学开辟了新的视野。这是一种新的平等关系，女权主义文学应为它的早日到来而努力。我们期望中、英两国的女性作家能奉献出体现这种新关系的作品。

第二节　从莎剧剧名翻译看中国翻译文化

莎剧在中国演出的早期，剧名大都有所改变，更有对剧本情节稍加改易，换一个名字，就成了一个新剧之事。虽然这都是出于商业性经营和利润的考虑，但是，在译名上造成了混乱，似乎也成为翻译文化中的一个特点。

译文中出现"化"的现象并不是近期开始的，而是有着悠久的历史。中国的翻译文化应当从翻译佛经开始算起。从东汉时起，中国就有译者开始翻译佛经，到了唐代玄奘就系统地大量翻译佛经，而且后代普遍认为玄奘的译文质量数上乘。近代学人章太炎就肯定，玄奘的译文是"合其本书"，也就是译文符合原文之意。其实，玄奘的译文之所以被广泛接受，原因是他"化"得好。他的"化"的原则，即他所谓的"五不翻"原则。玄奘在翻译佛经时给自己定了一条"五不翻"原则：一是由于"秘密"的原因，不翻；二是梵文中一词多义，难作抉择，不翻；三是梵文中的树木名称，由于"中夏实无此木"，因而不译；四是在玄奘之前已有"学存梵言"之传统，所以本该意译的，他也采取了音译的老方法；五是为了"生善"的原因。了解了玄奘的"五不翻"原则，不难设想其译文和原文的出入有多大。尽管如此，经他"化"过的佛经译文，还是受到好评，足见"化"的必要性。

日本佛学家中川天从印度梵文和汉文在结构方面的不同，总结出中国人对佛经思想的理解也有所不同。他说："古代汉语的一个特色是倾向于具体性，抽象观念时作具体表达。例如表达完美的观念时常透过圆形来表示。在翻译佛经时，梵文'完美'之义就以'圆满'

出现。因此圆形与完美的联想是中国的而不是印度佛学的。"可见"化"不仅是语言上汉民族语文化，在概念上也同样汉民族化。通过这一"化"，产生出既非原文中有的外国文化，亦非中国文化中固有的内容，而是第三种文化，即翻译文化。

中国第二次大量出现翻译文化是近一百多年的事。如果说第一次的翻译文化内容比较单一，那么第二次的内容就复杂多了。翻译者在遇到玄奘所说的"中夏实无"之类的事物时，采取了不同的"化"法。近代翻译界的权威严复在他的《天演论·译例言》中讲了自己的翻译方法："西文句中名物字，多随举随释。"他认识到那些"中夏实无"的新名词如不加解释，则读者难以理解。他认为那些"词理本深"的原文，读者"难于共喻"，所以他在译文中就"前后引衬，以显其意"。对严复的翻译方法，梁启超有评论："凡译书者，将使人深知其意。苟其意靡失，虽取其文而删增之、颠倒之，未为害也……近严又陵新译治功《天演论》，用此道也。"严复在翻译时对原文有增有删，必然与原文不符，却被认为是无害的。严复的增删颠倒之法也是"化"的一种方法。严复的同龄人林纾，其翻译中表现出的"化"的方法，是独具特色的，值得一提。林纾本人不通外文，只是根据他人口述原文意思，用汉文表述一遍。今天学术界也称此为翻译，当然，作为合译，也无可非议。林纾在翻译中的作用，主要是把译文本民族化，他所做的工作受到普遍欢迎，其传播的翻译文化颇具影响。

近代翻译界最有影响的要数严复的"信、雅、达"理论。如何正确理解，如何结合实际体现这三条，仍然是翻译界在今天探讨的重要主题。从某种意义上说，它仍然是如何"化"、"化"到什么程度、"化"的标准的问题。不同时代的文学风格，不同作家个人的写作风格，不同读者的审美标准，都是"化"的时候需要考虑的因素。比如严复之后提出的"再创作"之说，据此理论，原文是作者的创作，译文是译者的创作。前者是首次创作，后者是再创作。既然是创作，就各有各的独立性。而译文的独立性愈大，距离原文就愈远，其结果就失其为翻译了。所谓再创作，其本质仍然是个"化"的问题。

在把外国语本民族语文化的过程中，涉及三个概念：中国传统文化、外国文化和翻译文化。传统文化并不是一个静态的、封闭的概念，而是一个动态的、开放的概念。中国的传统文化一直在不断地发展，不断地更新，不断地采纳翻译文化和外来文化。佛经被引进之后，佛教就成为中国传统文化的组成部分。近代所引进的外国文化，如今也成为中国文化的一部分。翻译文化不会始终保持原来的面目，也不会和原有的传统文化保持一种泾渭分明的关系。需要强调的是，翻译文化并不同于外来文化。翻译文化是国外文化通过翻译进入中国的文化，而外来文化则指来自外国的，但并非通过翻译进入中国的文化，如雕塑、美术、音乐等。翻译中的外国语本民族语文化，在中国文化的发展中起着不可忽视的作用。

第三节 莎剧《威尼斯商人》的主题思想与儒家思想

文艺复兴时期的文艺巨人、伟大的英国剧作家莎士比亚的名作《威尼斯商人》(以下简称《威》剧)写成于1596年左右。四个多世纪过去了,我们重读这篇西方名作,却有一种似曾相识的感觉。《威》剧当中体现的基督教的教义精神,和我国古代的儒家思想在某些方面有着相似之处,当然其中也有不同之处。本节仅据《威》剧对二者进行比较,以求了解其异同。

一、"爱人如己"与"仁者爱人"

《威》剧的第四幕法庭的一场戏把剧情推向高潮。这一场的情节可以分为两个阶段。第一阶段是夏洛克不听众人好言规劝,一意孤行,坚持要从安东尼奥身上割下一磅肉,结果使自己成了众矢之的。第二阶段是鲍西亚智高一筹,巧断案情,从而使安东尼奥转危为安,而且还由此使夏洛克处于被动局面。从这两个阶段的发展所表现出的人心向背,可以看出作者是在赞美同情心。这里的同情心也就是中国古代儒家的"恻隐之心"。恻隐之心的实质是"仁者爱人"。虽然按照法律,安东尼奥应被处罚,但是以割肉相罚势必使安东尼奥丧生。所以众人都期待着夏洛克能慈悲为怀,而不是坚持按法律条文行事。此时的矛盾和冲突已不是安东尼奥该不该罚的问题,而是人心深处的仁与不仁之争了,也可以说是广义上的善与恶之争了。在构成西方世界文化基础的基督教教义里,"爱上帝"和"爱人如己"被宣告为"最大的诫命"。耶稣倡导"爱仇敌"。然而夏洛克的所作所为与之全然相反,他在借机对曾经冒犯过自己的安东尼奥加以报复。这当然与西方文化的主旨——博爱精神——是相悖的。其结果是夏洛克使自己成了恶魔的具象,人人共讨之。

其实夏洛克订下的"一磅肉"的契约,用法律衡量是无可指责的。导致他失败的并不是契约上的漏洞(关于流血不流血等),而是道德的力量。在《威》剧中,莎士比亚的正义的道德尺度是仁慈和宽恕。正因为夏洛克没有表现出丝毫的仁慈和宽恕之心,才使自己处于一种为千夫所指的境地而最终失败。在这一点上,中、西文化极其相似。对于作为中国传统文化的一个重要组成部分的儒学来说,"仁"是很重要的。实际上"仁"是孔子伦理思想的内核之一。它影响、熏陶着中国几千年的历史、文化。仁者爱人,孔子主张将己心比人心,即所谓"己所不欲,勿施于人"。在中国传统文化中,不仁不义者谓之小人,那是要受人鄙视的,要为人唾弃的。所以,夏洛克的所作所为,无论在中国或是在西方,都会被作家加以鞭笞。

二、《威》剧中的中庸之道

通俗而简略地解释,中庸就是"应当"。中庸是孔子的方法论。毛泽东对此曾加以肯定:"孔子的中庸观念是孔子的一大发现、一大功绩……中庸观念在中国的影响是极为深远的。"(《毛泽东书信选集》)

《威》剧也体现了中庸思想。夏洛克对待安东尼奥的态度违反了中庸原则。公爵是这样劝说夏洛克的:"你看他(安东尼奥)最近接连遭逢的巨大损失,足以使无论怎样富有的商人倾家荡产,即使铁石一样的心肠,从来不知道人类同情的野蛮人,也不能不对他的境遇发生怜悯。犹太人,我们都在等候你一句温和的回答。"公爵此时的一番话意在唤起夏洛克的恻隐之心。而夏洛克却"指着我们的圣安息日起誓,一定要照约执行处罚"。

既然不可理喻,巴萨尼奥揣摩夏洛克是否想要得到更多的偿还,因而提出:"借了你三千块钱,现在拿六千块钱还你。"夏洛克答道:"即使这六千块钱中间的每一块钱都可以分做六分,每一分都可以变成六块钱,我也不要它们,我只要照约处罚。"夏洛克的自白,证明了他正是公爵所讲的更甚于"铁石一样的心肠"的人,他比那些"不知道人类同情的野蛮人"更野蛮。所以夏洛克遭到众人的反对是理所当然的。从法律上讲,他的要求是合法的;从人情上讲,他却太苛刻了。夏洛克因而失去了道义的支持。

鲍西亚的作为同样是违反中庸之道的。鲍西亚要求夏洛克在割安东尼奥身上一磅肉时,其多少不能差之毫厘,而且也不能流一滴血。这种限制作为保护安东尼奥的一种口实,众人都是理解的。当夏洛克感到束手无策时只好请求撤诉,做出让步,但鲍西亚此时并没有适可而止,而是进一步提出更为苛刻的条件,直至使其身无分文。鲍西亚针对夏洛克的不仁不义进行处罚是合乎情理的,但是她矫枉过正的做法是出于报复。在此过程中众人的态度和反应,从另一个角度表现了犹太人当时常受歧视。

三、"原罪"说与"修身"说

在以"原罪"说为背景的基督教文化中,罪与恶是人的自然属性。即使在以君子形象出现的安东尼奥的举止中也存在着严重违反道德的言行。安东尼奥对待夏洛克态度蛮横,当众羞辱夏洛克,欺压夏洛克,有时甚至大打出手。其原因就是他有着严重的种族歧视。莎士比亚对身为犹太人、异教徒的夏洛克所受的歧视是寄予深切同情的。莎士比亚借夏洛克之口对安东尼奥的不人道行为进行控诉:"……要是欺侮了我们,我们难道不会复仇吗?"

莎士比亚对夏洛克的同情还表现在他指出了鲍西亚也是有违基督诫命的。如鲍西亚在最初听说夏洛克要报复安东尼奥时就站在安东尼奥一边。她认为安东尼奥既然是她丈夫的心腹好友,那么"他的为人一定很像我丈夫"。鲍西亚的介入是出于私人友谊,她的所谓"善"举,也不过是以正义的名义行报复之实。这当然违背了基督教的诫命——"不能有所偏私"。基督教还有诫命:"要按犯人罪状责打,不可责打多过应打的数目。"这就是说不能轻罪而重罚。诫命还告诫人们"不可报仇"。事实上,鲍西亚对吝啬的、狠心的夏洛克的所为完全是一种赤裸裸的复仇。从基督教教义看,人皆有罪,罪过是人类共有的。凡人犯了罪,其他凡人是不能给以惩罚的。如果凡人惩罚凡人,惩罚者本人也就违背了"主的旨意",也是罪过。由此看来,鲍西亚虽系伸张正义,其骨子里却是为了个人的私念。如果说鲍西亚行善,也只能算作片面的善。莎士比亚似乎要告诉我们,人类的一切行为,在观念中永远不可能完全符合正义。

在《威》剧中,我们看不到有一个人是道德品质完善的,只见芸芸众生皆为罪人。莎士比亚以自己塑造的角色形象来肯定凡人皆是有罪的。这与中国儒家思想有着很大的不同。从孟子的性善说,到荀子的性恶说,继而到扬雄的性善恶混说,虽然在人性问题上存在着不同意见,然而,无论性善说,还是别的学说,都不否定人在后天有根除劣迹的可能性,即靠"修身"可以,而且完全能够做到一个完人,所以儒家特别重视"修身"。儒家所讲的圣、贤、君子等都是具有很高的道德修养的典范。人可以提高自己的修养,使人格渐臻完美。而西方文化则更强调善恶一体,因而人性中永远有善与恶的冲突。莎士比亚被认为是在中世纪后第一个在创作中实践"原罪"和善恶一体的思想大家,也是西方文学中"罪感"传统的根本代表。正因为中国传统文化看到人性的可完美性,认为人类本性中的弱点是可以克服的,因而中国传统文化肯定人性中的善良,肯定以正克邪的可行性。但是在西方文化中,人皆有罪,而且永远如此,因而人永远生活在对上帝的企盼中——企盼上帝的宽恕和拯救。故而我们可以肯定地得出结论:西方文化对人性的态度是悲观的,而中国传统文化对人性的态度则是乐观的。

第四节 《呼啸山庄》的象征

英国维多利亚时代杰出的作家艾米莉·勃朗特一生只著有一部小说《呼啸山庄》以及一些诗歌。小说在艾米莉·勃朗特生前并未获得好评,可以说备受冷遇。《呼啸山庄》出版于1847年,出版百年之后人们才逐渐读出它的寓意,作者之超前性由此可见一斑。约一百五十年后,当用新的视角对文学经典重新解读、重新阐释成为一种广泛的文学批评实践时,对《呼啸山庄》进行新的阐释也不无意义。以笔者之见,小说中随处可见的象征,小说诗一般的激情,及其几乎所有使之成为"奇书"的成分,都明显表现出象征主义的特征。尽管象征作为一种修辞手段在西方有很长的历史,然而象征主义作为一种诗歌流派,被普遍认为兴起于19世纪下半叶的法国。生活在英国乡村的艾米莉·勃朗特是否意在书写一部象征主义的作品,我们今天无从可知。但是有超前思想的作家创作出超前的文学作品,这在文学史上并非罕见。正因为此,才更加说明这些作家之伟大。约一百五十年后,用象征主义对《呼啸山庄》进行阐释,不但使艾米莉·勃朗特超越其他维多利亚时代作家的贡献得以突显,也有助于今天的广大读者解读《呼啸山庄》这部被认为神秘费解的文学巨著。

一、《呼啸山庄》结构的象征意义

象征主义不同于修辞手法中所说的象征（Symbols）。象征主义是通过一系列物象、情景和事件，来表达一种特殊的情感。通过物象的表征，在读者心中达到激起某种强烈感情的目的。象征主义的作品从整体上有象征意义，《呼啸山庄》正是这样一部作品。说整部《呼啸山庄》是一个隐语，应该是不过分的。它充满了象征，而象征给它蒙上了一层神秘的色彩。象征不但构成了该小说的主要成分，而且构成了该小说象征主义的阐释框架。

《呼啸山庄》贯穿全书的一条对比线构成故事发展的主要框架，其本身便具有象征主义的意义。小说中的两个山庄——呼啸山庄和画眉山庄；两种人——希斯克利夫和埃德加·林顿；两种情感——凯瑟琳·恩萧与埃德加·林顿的爱情，以及凯瑟琳·恩萧与希斯克利夫的爱情，形成鲜明的对比，象征着两种力量。"呼啸山庄"中的"呼啸"（wuthering）是个意味深长的形容词，形容这个地方经常充满了暴风雨。被翻译为"山庄"的Heights，意为高地。正如其名称所表示的，孤零零地伫立在荒野之上的呼啸山庄代表荒野，具有不安定性。画眉山庄则是平静的、柔和的，它坐落在平坦的谷底。在这里，两个山庄代表两种不同的力量，它们分别象征着风暴与平静。这个对比纵贯全书。艾米莉用象征主义的手法，在故事中展现了两种相悖逆的原则，从而用象征主义的小说框架，建构了小说的主题。

两个截然不同的山庄里住着两种截然不同的人：以凯瑟琳的父亲为代表的恩萧家族（包括希斯克利夫），有坚强的意志，充满激情；而以埃德加·林顿为代表的林顿家族，和善，温顺。"呼啸山庄"这个词所包含的激烈、冲突、无情和富有生气的风暴，象征着该山庄内的人物的情感力度。希斯克利夫是风暴之子，他的名字本身就是个象征词。heath（译为希斯）意为灌木丛生的荒野，cliff（译为克利夫）意为大海边上陡峭的山崖。像heath和cliff这样的地方无疑充满了风暴。这个名字形象地概括了希斯克利夫的性格：狂暴，充满激情。

希斯克利夫和林顿象征着两种不同的力量。凯瑟琳爱希斯克利夫，却被林顿所吸引。艾米莉让我们相信这一切的发生是很自然的，因为林顿具有人人为之倾倒的一切。画眉山庄代表着文明生活舒适、美好的一面。可以说林顿体现了文明生活表面的美好。他文雅、迷人，且富有，这些都是希斯克利夫完全不具备的。在这一方面，凯瑟琳曾表现出对希斯克利夫的鄙视，说他"没有谈吐，没有文化，不梳理头发，肮脏"。与林顿结婚，她便可以实现她做山庄"第一夫人"的梦想，满足她要出人头地的愿望。

凯瑟琳与希斯克利夫的爱情和她与林顿的爱情，代表着两种不同爱情的冲突，凯瑟琳心中的冲突，是令人惬意的事物与必不可少的事物之间的冲突。这两种事物的区别在于，令人惬意的事物是用来装扮生活的，而必不可少的事物之缺失，就等于精神上的死亡。凯瑟琳对林顿的爱所做出的反应，并不代表她本性的最深层部分。相反，她内心深处是讨厌林顿的。这种鄙视之情流淌在她的血液里。凯瑟琳和希斯克利夫第一次在画眉山庄见到林顿和伊莎贝拉（林顿之妹）后，他们对耐莉（女佣，故事的叙述者之一）说："这两个宝贝让我们不禁笑出声来，我们真瞧不起他们。"这种鄙视和不友好一直保持着，并屡次表现出对林顿家族价值观的鄙视。希斯克利夫和凯瑟琳之所以能站在一道，是因为他们都鄙视画眉山庄代表的价值观念。艾米莉深刻而令人信服地刻画了凯瑟琳的个性冲突，说明凯瑟琳与林顿的爱情只能满足她需求的最肤浅的部分，而希斯克利夫对于她，则像她对她自己一样，是必不可少的。这种冲突是一个人感情上不同层次的冲突。由于冲动而做了错误的选择，这种错误乃是不同层次的感情在斗争中一方暂时占上风而压倒主要方面，是表层的感情需要暂时占上风压倒了人的基本需要。这种满足引起的是它与人的本质的冲突，即冲动与本性的冲突，它带来的是不幸和毁灭。正如希斯克利夫所指出的："悲惨、耻辱和死亡，以及上帝或撒旦所能给的一切打击和痛苦都不能把我们分开，而你，却出于你自己的心意这样做了，我没有弄碎你的心——是你弄碎了。"艾米莉用象征主义的手法来塑造这种冲突，成功地描写了人类的真爱与社会价值观之间的冲突，引起人们对人类的真爱是否能够逾越社会的障碍进行思考。

二、《呼啸山庄》中爱情的象征意义

艾米莉用具体的象征来表现爱情这一文学命题，有着明显的象征主义的特征。象征主义者追求永恒的思想，希冀从有限的现实走向无限的永恒。艾米莉在《呼啸山庄》中，通过两种爱情的对比，描写了超越时空、超越一切物质关注、超越生死界限的永恒的爱。

艾米莉在《呼啸山庄》中将凯瑟琳对希斯克利夫的爱写到极致。凯瑟琳有几句道白，可以被看作是人类在表达爱情时的千古绝唱："除了你以外，还有，或者是应该有另一个你的存在。在这个世界上，我最大的悲痛就是希斯克利夫的悲痛……在我的生活中，他是我的思想的中心。如果别的一切都毁灭了，而他还留下来，我就能继续活下去；如果别的一切都留下来，而他却给消灭了，这个世界对于我将成为一个极为陌生的地方。我就不像是他的一部分。我对林顿的爱像是树林中的叶子，我很清楚，在冬天变化树木的时候，时光便会变化叶子。我对希斯克利夫的爱恰似地下的恒久不变的岩石：虽然看起来它给你的愉快并不多，可是这点愉悦却是必需的。耐莉，我就是希斯克利夫！他永远永远地在我心里。他并不是作为一种乐趣，并不见得比我对我自己还更有趣些，却是作为我自己本身而存在的。""他（希斯克利夫）永远不会知道我多么爱他，并不是因为他漂亮，而是因为他比我更像我自己。不论我们的灵魂是什么做成的，他的和我的是一模一样的。"

《呼啸山庄》最根本的意义在于艾米莉对爱情的探索。如果把《呼啸山庄》仅仅看成是颓废与原始的生命力之间的对比，就太简单了。艾米莉揭示的是人物内心世界的复杂性。希斯克利夫和林顿代表两个矛盾体：希斯克利夫代表自然的纯真的爱情，而林顿代表社会建构的爱情。荒野的呼啸山庄代表大自然的力量和人类的真爱，希斯克利夫和凯瑟琳是不可分割的，其中一位的死亡，就意味着另一个求生欲望的终止；而林顿代表现实生活中人们择偶时所看的价值。希斯克利夫身为孤儿，出身贫寒，没有受过教育；而林顿出身上层社会，受过良好的教育。希斯克利夫和林顿都对凯瑟琳有吸引力。

艾米莉刻画的凯瑟琳和希斯克利夫之间的爱是无以复加的。它具有一种激昂的抛舍意味，它置文化、教育以及世界于不顾。然而，她却受到她其实最不看重的事物的诱惑：财富与社会地位。这种追求是建立在看似有理的逻辑之上的。凯瑟琳之选择林顿，正是这种追求使然。然而，她拒绝了希斯克利夫，拒绝了她自己，拒绝了自己的本质，选择了与"本我"分离。凯瑟琳对林顿和希斯克利夫不同的爱，表现了表面的和内心深处的、令人惬意的和必不可少的两种爱情的区别。艾米莉用象征主义的手法将自然的与文明的、表面的与深层的两种关系加以对比，并由此道出了真理。

艾米莉似乎认为文明是破坏人性的，但是文明所带来的舒适、美好以及它对人类的诱惑，却是难以抵御的，因此便有冲突发生。这种冲突也许与当时的社会状况相关。19世纪中期正是英国殖民主义扩张时期，也是资本主义迅速发展的时期。在这个时期，现代工具理性的思想不断高涨，科学技术似乎给人们带来了无限的希望。与此同时，商业化和消费意识形态开始出现，追求财富和享受的欲望侵蚀着人们的心灵，人们越来越处于一种异化状态。于是，凯瑟琳出于想得到物质文明带来的舒适，违心地接受了林顿的婚姻。

浪漫主义诗人拜伦曾赞美荒野和人迹罕至的地方。像拜伦一样，艾米莉热爱大自然，热爱旷野。除此以外，她还热爱动物，和动物在一起她便不感到寂寞。艾米莉的人生经验告诉她，人世间是冷酷的（她的许多诗歌可以为证），所以她不追求人际的友情，而喜欢独处。小说《呼啸山庄》表达了艾米莉的心声。从某种意义上说，《呼啸山庄》表现了艾米莉所认为的爱情的"最高真实"。《呼啸山庄》中的爱情完全不同于一般小说中的爱情——温柔，甜美。《呼啸山庄》中的爱情是狂暴的，超出性爱的，毫无任何形式的功利色彩。它是精神上的吸引，是灵魂的共鸣，是一种有着洗涤、净化的美学作用的高尚情感。

艾米莉并没有恋爱的记载，也就是说，她所书写的恋爱并不是建立在对现实生活中恋爱的认识之上的，而是她在没有任何亲身经历的情况下根据她的想象和表达需要而创作的。艾米莉为了小说能够有出版的可能，最初是以男性的姓名发表的（勃朗特三姐妹都有匿名发表的经历）。后来作者的真实身份被披露后，评论家对于生活在封闭的乡村里、人生经历几近于无的一个小女子，竟然写出如此激昂、充满激情的小说而颇为震惊。在这一点上，艾米莉也表现出明显的英国18世纪后期感伤主义的特征：推崇感情，忽略理智。

象征主义认为，外界事物与人的内心世界是互相感应的，每个事物都有其潜藏的象征意义，而物象则暗示着人物的所想所思。事实上大自然的力量是《呼啸山庄》的重要主题之一。在呼啸山庄中，大自然是有灵性的，大自然的现象和人们情感的自然流露融成一片。每个情节都是以大自然为背景而展开的，天气和场景不仅是故事背景的一部分，更是人间戏剧的一部分。它们与戏剧中的演员有不可分割的关系。正如莎翁的《李尔王》一样，无论什么不祥的事情要发生，天气总有预兆，所以，小说中的细节充满了象征主义的意义。

在《呼啸山庄》中，大自然象征着自由。当几年后希斯克利夫重新闯入当时已经成为林顿夫人的凯瑟琳的生活时，凯瑟琳心中对希斯克利夫的爱情重新燃起。此时的凯瑟琳渴望自由。对于她来说，她在画眉山庄的房子无论是在真正意义上，还是在隐喻和象征的意义上，都成了监禁她的工具。病中的凯瑟琳希望能回到她童年生活过的呼啸山庄中自己的屋子这一细节，则暗示着她把回到过去作为一种解脱痛苦的方式。自由与监禁因而成为该故事的重要主题之一。当凯瑟琳和希斯克利夫在户外时，他们是自由自在的，在那里没有凯瑟琳哥哥的干涉，也没有世俗社会清规戒律对他们的约束。凯瑟琳在逝世前要求打开窗户，呼吸旷野的气息，这也说明艾米莉认为大自然象征着自由。艾米莉热爱荒野，在荒野中她是自由的，任思绪自由驰骋。荒野占据着这个故事，犹如荒野曾占据着艾米莉的生活。《呼啸山庄》中的象征主义特征如此明显，与其说艾米莉是在用文字叙述，不如说是在用象征暗示。象征比一般的故事言说更有力度，这在于象征的含意更加丰富，其意义能够随着读者的想象而延伸、扩展。

象征主义与其说是一种艺术形式，不如说是一种哲学，而哲学是一种生活态度。艾米莉对生活和爱情的理解是超凡脱俗的。也许正因为该小说超出了19世纪读者的阅读期待，对于19世纪的读者来说，《呼啸山庄》十分晦涩难懂，西方读者用了一百多年才读懂了《呼啸山庄》。综上所述，《呼啸山庄》是19世纪英国象征主义文学的杰作。

第四章 英美文学研究与教育的结合

　　本章既有对英国文学名篇《傲慢与偏见》《呼啸山庄》的研究，对美国现代经典小说《林登山》《紫颜色》与美国文学大师欧内斯特·海明威"准则英雄"的悲剧性格的研究，又有借助语言学理论对英美文学带有尝试性的探索之作的研究，旨在培养学生文学鉴赏能力与分析能力。

　　在欣赏《傲慢与偏见》之时，笔者引导学生从喜剧美学的高度切入作品，逐渐跳出具体作品，感悟人生道理：一个能从喜剧角度观察人生的人，便是一个智慧豁达的人，他能洞悉人性的弱点，因此他也是一个善于反省自己与同胞的人。而在阅读《呼啸山庄》时，学生从悲剧视角领悟作品，学习悲剧英雄们身上那种英雄气概与他们"知其不可为而为之"的义无反顾精神，用以培育学生勇于面对人生"无涯的苦难"与社会不公正而不屈不挠的精神。沃克的《紫颜色》虽是描述一位美国黑人妇女的心路历程，追溯她是如何摆脱生活的不幸，复归"真实自我"的过程，但是她的个人故事却对今天的大学生具有启迪意义。笔者结合大学生心理成长过程中所面临的诸多问题，引导学生以积极心态迎接人生挑战，以开放心态看待人生的不幸与困难，以豁达心态包容别人以及社会的种种不完美。《林登山》则是黑人族群"异化"的真实写照，作者煞费苦心借但丁《神曲·地狱篇》的框架勾画林登山，触目惊心地展示异化的黑人兄弟们的"悲惨"处境，促人猛醒，发人深思。其实，今天我们都不同程度地面临"异化"问题。人们在忙忙碌碌的物质追逐中，往往错把手段当目的，忘却了自己最为重要的追求——真实的和有意义的生活。学生从对《林登山》的欣赏中反观自己的人生与社会现状，感慨良多，思绪无限，进一步提高了其思考社会问题的深度。最后两节带有探索性、尝试性的文学研究是借助语言学理论进行的，希望帮助学生多视角观照文学文本，开阔视野，进一步提高文学赏析的能力。学生通过研读文学语篇，分析文学作品，充分感受文学语言的魅力，不仅能增强文学欣赏的能力，还能提高他们的整体人文素质。

第一节　简·奥斯丁《傲慢与偏见》的喜剧美学透视

　　在众多英国作家中，女作家简·奥斯丁的声望"最为稳固"，在"英国文学最近这一又四分之一世纪的历史上，曾发生过几次趣味的革命。文学口味的更新影响了几乎所有作家的声望,唯独莎士比亚和简·奥斯丁经久不衰"。简·奥斯丁的代表作《傲慢与偏见》被公认为是世界十大小说名著之一,问世至今,一直影响着世界文坛的一些著名小说家。英国文学评论家兼小说家弗吉尼亚·伍尔夫曾这样评论她:"在所有伟大作家当中,简·奥斯丁的伟大是最难在一瞬间捉到的。"自从简·奥斯丁的小说《傲慢与偏见》译介到我国以后,外国文学界的评论家竞相从多方面对它进行阐释,试图去捕捉她那"伟大的一瞬"。笔者认为简·奥斯丁"伟大的一瞬"是在她作品的喜剧美学特征中表现出来的。本节将从喜剧美学入手,探寻《傲慢与偏见》的不朽魅力。

关于喜剧的含义,一般有两层:一是艺术形式即体裁,二是美的表现形态。《傲慢与偏见》是一种用小说形式写成的典型喜剧,同时又是一种喜剧美的表现形态。本节将着重讨论《傲慢与偏见》里所表现出来的喜剧美学的一般特征。

一、喜剧美学特征

构成喜剧的基础是"丑",即事物的内在矛盾失去相对平衡,矛盾双方的对立明朗显现而又未达到新的相对平衡时的不协调状态。喜剧所引起的审美效果,是要产生具有审美价值的笑或幽默感。由于事物的不协调状态因安于其位而造成的内容与形式之间的矛盾能使审美主体产生轻松感,一旦这种不协调状态转化为喜剧动作而与主体的常情、常理相违拗并为主体所领悟时,便由轻松感产生出幽默感。由此可见,喜剧作为一种美学范畴,它表现事物的不协调状态;喜剧人物往往表现出这种矛盾而不自知,并能自安其位。审美主体则可发现由这种矛盾而产生具有审美价值的笑,达到对"丑"的嘲笑。亚里士多德也曾指出:"喜剧是对于比较坏的人的模仿,然而,坏不是指一切恶而言,而是指丑而言,其中的一种是滑稽。"一般而言,喜剧美学具有三个主要特征:人物性格的自相矛盾、喜剧冲突的无害性和喜剧人物思想认识上的"不知"。以下将从这三方面探讨《傲慢与偏见》的喜剧美学特征。

(一)人物性格的自相矛盾

黑格尔说,在喜剧里有一种自信精神,它依靠某个东西,坚持某个东西,一心一意地追求某个东西,但总是遇到它所探索的那个东西的反面——然而它从不因此存有任何怀疑,也不反过来想想自己,始终对自己和自己追求的事物充满信心。一般而言,喜剧人物总是充满信心,或者说是执迷不悟的。

喜剧有否定性与肯定性之分。在《傲慢与偏见》里,这两种因素兼而有之。它的人物亦有否定与肯定之分。伊丽莎白与达西是其中两个中心喜剧人物,属肯定性喜剧人物。作者把伊丽莎白的形象、性格和气质塑造得丰满、鲜明,并富有立体感。她虽有"偏见",但她是作者塑造的正面人物,也是福斯特所谓的"圆形人物"。随着情节的发展,她的认识发生了变化,性格也发生了变化,最后放弃了"偏见",与达西实现了圆满的结合。而贝内特太太、柯林斯先生和玛丽则是另一类喜剧人物,属否定性喜剧人物,他们更具喜剧色彩。下面我们以玛丽为例试析她性格中的自相矛盾状态。

玛丽是贝内特五姐妹中长相最丑、最没有情趣的一个。作者这样评价玛丽:"既没有天赋,又缺乏情趣。虽然虚荣心促使她勤学苦练,但是也造就了她的迂腐气息和自负派头。"她总要时时处处显示自己比别人更有学问和更多才多艺,结果却成为别人的笑柄。作者总是通过人物的对话表现这些自相矛盾与不协调。例如,伊丽莎白想要到内瑟菲尔德去看望生病的姐姐简,玛丽则文绉绉地劝她:"我敬佩你的仁厚举动,但是千万不能感情用事,感情应该受到理智的约束。依我看,做事总得有个分寸。"玛丽说话从选词到句型都想显示她的学问,她背诵了一些理性主义思想家的片言只语,但她食而不化,生吞活剥,所讲内容与她的愚蠢行为形成反差,讲话内容与讲话时间形成反差。再如,卢卡斯小姐、贝内特太太和伊丽莎白在谈论达西的傲慢时,玛丽插话说:"我认为,骄傲是一般人的通病。从我读过的许多书来看,我相信骄傲确实很普遍,人性特别容易犯这个毛病。因为有了某种品质,无论是真实的还是假想的,就为之沾沾自喜,这在我们当中很少有人例外。虚荣和骄傲是两个不同的概念,虽然这两个字眼经常被当作同义词混用。一个人可以骄傲而不虚荣。骄傲多指我们对自己的看法,虚荣多指我们想要别人对我们抱有什么看法。"她先像个哲学家似的把人性易犯的错误剖析一番,继而像个学者似的区分两个不同概念,真让人忍俊不禁。首先,这番高论与当时谈话的氛围不协调,形成反差;其次,玛丽"一向自恃见解高明",说话时的神态俨然是个老学究,与她的智力和年龄形成反差。又如,莉迪亚与威翰姆私奔,全家人心烦意乱,伤心到了极点,玛丽则与众不同,"俨然一副深思熟虑的神气",利用这桩家庭丑事,板起一副道学家的面孔,进行道德说教,迂腐之极,可笑之至。她说:"这件事对莉迪亚虽属不幸,但我们也可以由此引以为戒:女人家一旦失去贞操,便无法挽救;真可谓一失足成千古恨;美貌固然不会永驻,名誉又何尝容易保全;对于那些轻薄男子,万万不可掉以轻心。"

玛丽是个典型的"丑而自以为美"的喜剧人物,她一直处于一种自我确信中,认为自己最有学问,最有知识,知书达礼。她不曾放过任何一个炫耀自己学问的机会。尽管别人对她不屑一顾、置之不理,她却"始终对自己和自己的事情充满信心"。

(二)喜剧冲突的"无害性"

喜剧冲突的"无害性"并不是说对喜剧对象性质无害,而是指在特定喜剧情境中,无论对人对己都不造成重大伤害,更不危及人物的性命。这也是喜剧的美学特征所规定的。在《傲慢与偏见》里,达西的"傲慢"令人望而却步,伊丽莎白的"偏见"则使她对真理视而不见,由此构成整部作品喜剧性冲突的主要框架。

奥斯丁在设计喜剧性冲突时,匠心独运,不仅使整部作品充满"误会"和"误解",而且充分体现了"无害性"这一喜剧美学原则。主人公达西的"傲慢"在另一重要人物伊丽莎白的心里播下了"偏见"的种子,由此导致了一系列误会。误会是推进喜剧发展的重要环节,同时误会又决定了冲突的无害性。误会不断加深,直至总爆发——冲突。在此过程中，正是误会推动着喜剧的发展。当冲突发生时，人物会把一切压在心头的"积怨"倾泻出来，这就导致了解开误会契机的产生。且看作者是如何设计情节，逐渐把喜剧性冲突引入高潮的：

（1）在第三章的一场舞会上，两位主人公登台亮相，傲慢的达西对伊丽莎白不屑一顾，甚至轻蔑，使得伊丽莎白对他心怀不满，甚至怨恨。

（2）尼日斐花园主人邀请大姐简参加舞会。简由于淋雨生病在主人家里留宿，便引出伊丽莎白徒步探望姐姐这一情节。探望期间，伊丽莎白一连几个晚上都有机会与达西"斗嘴"。表面上看，两人在"争吵""交锋"，实际上两人在互相试探，了解对方。这是他们交流感情的特殊方式。结果是伊丽莎白对达西的"偏见"不断加深，对他的为人愈发反感；达西则逐渐对伊丽莎白产生了好感。

（3）威翰姆出场后，他在伊丽莎白面前巧妙地把达西诽谤一番。伊丽莎白信以为真，更加深了对达西的偏见。在此期间，达西对伊丽莎白的好感已上升成为爱情，并暗暗在滋长。他甚至对伊丽莎白说出了这样意味深长的话："我们俩都不愿意在陌生人面前表演。"可见他已把伊丽莎白当作他的知心密友了。

（4）宾利一行突然离开尼日斐花园，对沉浸在爱河里的简来说无疑是致命一击。伊丽莎白出于不断加深的偏见，认定这是达西先生从中作梗所致。

（5）达西先生向伊丽莎白求婚可以说是喜剧性冲突的高潮，同时亦是两人关系变化的转折点。达西对伊丽莎白的爱终于达到了不可遏止的地步，他衷心地向她表达了"我多么敬慕你，多么爱你"。但是傲慢的达西"吐露起傲慢之情来，绝不比倾诉柔情蜜意来得逊色。他觉得伊丽莎白出身低微，他自己是降格以求，而这家庭方面的障碍，又使得理智与心愿总是两相矛盾"。这种不恰当的求婚理所当然地遭到了自尊心极强的伊丽莎白小姐的断然拒绝，同时他的求婚又给了伊丽莎白一个倾诉内心积怨的机会。她一口气把他破坏简与宾利婚事的"行径"和剥夺威翰姆资产的"丑行"全部抖搂出来。这一场面表面看来是情绪激动的伊丽莎白无意地发泄了"积怨"与"愤恨"，实则是作者自出机杼巧妙安排的走向喜剧性和解的关键：伊丽莎白的倾诉暴露了两人之间的一系列误解，达西借此明白了误解的症结所在。一封"申辩"长信使伊丽莎白的误解顿然冰释，她终于明白了，她曾因抱有偏见，才轻信了威翰姆的谗言。

（6）莉迪亚的私奔与凯瑟琳夫人的来访是促成伊丽莎白和达西姻缘这一喜剧性结局的两个关键性情节。在调停与补救莉迪亚私奔丑闻方面，达西做了许多工作，包括"替威翰姆偿还的债务远远超过一千镑，而且还在莉迪亚名下的钱之外，又给了她一千镑，并给威翰姆买了个官职"。这一切都只是作为他"没有及早揭露威翰姆为人卑鄙"的补偿。达西先生帮忙的细节是莉迪亚在不经意中提到的，伊丽莎白写信追问舅母，从而获得了全部细节。至此，伊丽莎白对达西的偏见完全烟消云散了。凯瑟琳夫人居高临下的来访，试图阻止伊丽莎白与她外甥的婚事，反而坚定了伊丽莎白的信心，"我只不过拿定主意，觉得怎么做会使我幸福，我就怎么做"。达西则从凯瑟琳夫人那儿获悉：伊丽莎白对他的态度依然是爱恋，这就使他不顾一切来找伊丽莎白。凯瑟琳夫人本意是把她与伊丽莎白会面的情况全讲给达西听，以为纵使伊丽莎白不肯答应放弃这门亲事，她外甥一定会满口答应。不过活该老夫人倒霉，结果却适得其反，促成了这桩婚事。至此，作者精心设计的喜剧性冲突由发展达到高潮，在喜剧性和解中缔结姻缘，结束全剧。在整个喜剧性冲突过程中，虽有"积怨""误解"，甚至还有折磨人的等待，但是总的来说，它还是无害的。这就是喜剧性冲突的特点。

（三）喜剧人物思想认识上的"不知"

喜剧人物大多由于主体性的蒙蔽而处在一种盲目的自我确信中：他们毫无自知之明，以致丧失了正常的思维能力和起码的现实感，固执的心不根据事物来调整思想，却要事物来屈从他们的观念，最终自然会陷入"动机与结果悖反"的境地。《傲慢与偏见》里的几位否定性喜剧人物如贝内特太太、玛丽和柯林斯都处在"一种盲目的自我确信中"，受尽了捉弄还蒙在鼓里，找错了目标还自以为是。即使现实打破了他们一个又一个美梦，他们仍然执迷不悟。下面我们以柯林斯为例来说明人物的这种"不知"状态。

柯林斯牧师可谓是一个"糊涂，满脑子错觉和自相矛盾"的典型喜剧人物。他这个主观主义者完全生活在"一种盲目的自我确信中"。他盲目自信，受人奚落而不自知，甚至还自鸣得意。且看他与贝内特先生的一段对话：

"你判断得很准确，"贝内特先生说，"而且你也很幸运，具有巧妙捧场的天赋。我是否可以请问：你这种讨人喜欢的奉承话是当场灵机一动想出来的，还是事先煞费苦心准备好的？"

"大多是即席而成的。虽然有时我也喜欢预先想好一些能适用一般场合的简短动听的恭维话，但我总要尽量装出一副信口而出的神气。"

柯林斯牧师还是一个丑而不自知，甚至觉得自己很美的喜剧人物。"找错对象还自以为是"，这一点在第十九章求婚一场表现得最充分。首先，他以居高临下的姿态，郑重宣布他将娶贝内特家的一个女儿，以弥补因继承其财产而对其一家人的损害。这完全像是在做交易，而且是散发着铜臭的交易，而他却讲得那样轻松自如。其次，在他向伊丽莎白求婚时，一口气表白了他之所以要结婚的理由，其中包括取悦恩主德·布尔夫人，完全不容伊丽莎白表述自己的观点。他是一个囿于自我幻觉的愚人，自以为只有他挑选别人的权利，别人绝不可能不同意他的选择。当他被伊丽莎白小姐斩钉截铁地拒绝之后，他仍执拗地认定："你拒绝我的求婚，不过照例说说罢了。""你并不是真心拒绝我，我看你是在仿效优雅女性的惯技，欲擒故纵，想要更加博得我的喜爱。"甚至还把自己不相信的理由罗列了一番：①他有万贯家产；②他与德·布尔府上有特殊关系；③伊丽莎白"不幸财产太少"等。这一场戏充分说明：他自视甚高，自视甚美，而在其他人物如伊丽莎白和贝内特先生眼里，他一文不值。这就形成了巨大的反差，令人忍俊不禁。小说中的喜剧人物之所以常常陷入"动机与结果悖反"的境地，究其原因，都是他们丧失了正常的思维能力，思想认识上的"不知"所致。

综上所述,我们认为《傲慢与偏见》不仅是一部典型的喜剧小说,而且它更具喜剧美学的一般特征,即人物性格自相矛盾、冲突的无害性和人物思想认知上的"不知"等。作者奥斯丁是一位赋有高度智慧的女作家,她对人世有她独特的领悟与体味。她凭借理智理解人生与世事,以喜剧性的态度观照人生,捕捉生活中的不协调因素加以嘲弄。她的小说通篇洋溢着"笑声",然而这笑里包含了不笑的一面(杨绛语)。这笑声里有她对人性丑陋一面的嘲笑,也有对人性弱点一面善意的揶揄。总之,奥斯丁"伟大的一瞬"正是显现出了她喜剧美学的特征。

二、喜剧美学与喜剧作品对于人生的启迪

古希腊哲人亚里士多德在他的文学理论经典《诗学》中对悲剧进行了详细的论述,提出了许多经典的观点或许多好的关于悲剧的问题,让后人叹为观止,也促使后人思考关于悲剧的问题,但他著作中有关喜剧的部分却缺失了,这不能不说是一件莫大的憾事。因此,亚里士多德关于喜剧的观点,我们不得而知,只好存疑。德国伟大的哲学家黑格尔在探讨悲剧美学的同时也对喜剧美学进行了可谓翔实的论述,但是他把悲剧视作艺术发展的黄金时代而将喜剧视作艺术的没落和终结,这种理论倾向自然使他把主要的精力和智慧都贡献给了悲剧而不是喜剧,使他笔下的喜剧形象相形失色。喜剧是人类精神发展史上一种独特的、富有魅力的文化现象,但是在西方有一种根深蒂固的扬悲剧而抑喜剧的传统,阎广林先生认为这与基督教有关,此见解不无道理。

虽然如此,我们还是可以从西方喜剧的历史发展脉络中理出一个头绪:古希腊哲学家柏拉图把喜剧人物的可笑之处归结为他的实际情况与他的主观表现之间的不协调,属于人物自身的不协调。德国哲学家黑格尔指出,喜剧一般都要自始至终涉及目的本身和目的内容与主体性格和客观环境这两方面之间的矛盾对立。在喜剧中有一种自信精神,它依靠某个东西,坚持某个东西,一心一意地追求这个东西,而总是遇到它所探索的那个东西的反面——然而他从不因此存有任何怀疑,也不反过来想想自己,而始终是对自己和自己的事情充满信心。俄国美学家车尔尼雪夫斯基认为,喜剧人物的可笑性就在于内在的空虚和无意义,以假装有内容和现实意义的外表来掩盖自己。从这些西方哲学大师对于喜剧的论述,可以勾勒出喜剧人物的可笑性之特点:他们大多是一些没有自知之明的愚蠢之人,但是他们把自己看作是世界上最聪明的人,始终处于这样一种"不知"或"无知"的生存状态之中,沾沾自喜,受到嘲弄还不知道。他们甚至还蔑视别人,瞧不起别人,岂不知他们自己是世界上最傻的人。由这种反差引起的喜剧效果令人忍俊不禁,啼笑皆非。

欣赏喜剧作品,首先必须进入一种状态,我们必须在某种程度上从严肃、认真以及日常生活的真实感情中解脱出来。也就是说,欣赏喜剧必须具备三种心态,即"非英雄化的怀疑心态""非情感化的理智心态"和"非严肃化的玩笑心态"。具备这三种心态的人实际

上在居高临下地冷眼旁观生活中那些喜剧人物的充分表演和喜剧事件的发生，看穿一切把戏和伎俩，而表演者则还在津津有味地表演着，总以为别人什么也不知道，什么也没有看穿，还以为自己欺骗了所有的人、蒙蔽了所有的人；以这三种心态观察生活的人实际上在智力上大大高于那些喜剧人物，所有喜剧情节的推进和喜剧人物的一切举动和意图都在他们的股掌之中，就像孙悟空无论怎样翻跟斗还是出不了如来佛的手心；以这样一种心态观察生活决然不同于以悲剧态度对待人生，它完全是松弛的，但又看穿了一切。《傲慢与偏见》中的贝内特先生对于生活以及生活中的两个喜剧人物贝内特太太和柯林斯先生都完全是从这一视角俯视的。

例1：在第一章里，作者这样评价贝内特先生和他的太太："贝内特先生是个古怪的人，一方面乖觉诙谐，好挖苦人；另一方面又不苟言笑，变幻莫测，他太太积二十三年之经验，还摸不透他的性格。"而他太太则"是个智力贫乏、孤陋寡闻、喜怒无常的女人"。贝内特太太智力低下、生性愚笨，又好打听事，先生对她和她要说的事"未卜先知"，而她先生要做什么则是她永远无法知道的。贝内特先生对于贝内特太太总是喜剧应付，百般捉弄，而他太太总是跟他认真谈论事情，并不知道自己在受嘲弄，他总是俯视她、冷眼旁观她。

例2：在第十四章里，贝内特先生先前读柯林斯的信仿佛对他还是有些好感，见面寒暄之后，发现此人愚蠢之极，阿谀奉承别人也像是在背书，因此，贝内特先生就毫不客气地揶揄他说："而且你也很幸运，具有巧妙捧场的天赋。我是否可以请问：你这种讨人喜欢的奉承话是当场灵机一动想出来的，还是事先煞费苦心准备好的？"这显然是在拿他开心，他却浑然不觉、全然不知，非常认真地作答："大多是即席而成的。虽然有时我也喜欢预先想好一些能适用一般场合的简短动听的恭维话，但我总要尽量装出一副信口而出的神气。"这里贝内特先生也是居高临下嘲弄柯林斯先生，而柯林斯先生也处于浑然不知的状态，还认真回答贝内特先生提出的问题。

面对人生中出现的问题，人们一般有三种态度：逆来顺受、悲剧抗争和喜剧应付。人们之所以选择喜剧应付完全是出于清醒理智的考虑。正是这种理智的考虑，才使得喜剧人物或喜剧作家能够敏锐地捕捉到对象身上那不和谐的矛盾，从而自如地应付困难，化险为夷，解脱自己。人生不如意十有八九，生活中总有许多不和谐的音符，关键的问题是看人们怎样对待。小说中的贝内特先生找到那样一个太太也是他的不幸，当然也是他本人因"贪恋青春美貌"所酿成的不幸婚姻。但是婚姻很难有十全十美的，正如卢卡斯小姐所说："婚姻幸福是个运气问题。"这是人生的常理。贝内特先生对他太太采取一种喜剧应付的态度，聊解因婚姻不幸所产生的怨恨。但是他对于妻子的态度，聪明的伊丽莎白"看在眼里，痛在心里"。他嘲弄妻子的做法深深地伤害了女儿伊丽莎白，但是他对柯林斯先生的态度却值得推崇。我们生活中，周围总有那么一些喜剧人物，不自量力，没有自知之明，不知天高地厚，你对他们该怎样应对呢？我以为只有这种喜剧式的应对最为妥帖和合适，因为你既不能逆来顺受，听之任之，更不可能做悲剧般的抗争，因为没有什么可以抗争的。对于身边的喜剧人物，只有用喜剧方式对待，既不失诙谐幽默，又不用大动干戈，一笑了之，轻松自在。为什么人们在大肚弥勒佛像两边写上"大肚能容天下难容之事""笑口常笑天下可笑之人"呢？天下难容之事需要开阔的胸襟包容，但是这还不够，还需要"笑口常开"以"减压"，否则，我们的内心会因包容太多而失衡。这些可笑之人就是生活中的喜剧人物，对他们除了笑或嘲笑，还有什么更好的办法呢？其实，我们每一个人身上都不同程度地存在一些喜剧因素，我们自己往往是非常可笑的，确实需要嘲笑一番，这笑其实也包括笑自己，因此笑既是解嘲，更是自嘲。这笑既有对人间丑陋的人与事的鞭笞，也有对我们人性弱点善意的揶揄。能解嘲与自嘲是一种人生智慧，我们必须努力学习掌握。

奥斯丁创作《傲慢与偏见》就是在这样一种喜剧心态下进行的，她富有极高的人生智慧，把芸芸众生的各种"丑态"都观察透了，仿佛是在云端"背负青天朝下看"，看到了这些"只缘身在此山中"的人们无法看到的可鄙之处，加以善意的揶揄与讽刺，因为她自己毕竟也是人类中的一员。正如鲁迅先生笔下的阿 Q 一样，你说他是谁？他虽是绍兴郊区的农民，中国人，但也像外国人。阿 Q 身上所表现出的"喜剧因素"属于"人性的弱点"。所以，中国人看了觉得像自己，外国人看了亦觉得像他们自己。从这样一种角度解读《傲慢与偏见》，我们就会在大笑之后反思自己，因为这笑的背后包含着"不笑的因素"或"让人笑不出的因素"，那正是我们需要反思和改正的人性的弱点与不足。

第二节　艾米莉·勃朗特《呼啸山庄》人格心理阐释

一、《呼啸山庄》中的人格心理学

"《呼啸山庄》真是一部奇书！"在西方和中国的外国文学批评界，人们都不约而同地发出如此的赞叹。从《呼啸山庄》问世至今，西方学者对它作了最为详尽的探求与阐释；自从它被翻译介绍到中国以后，中国学者也以同样的热情对它进行了深入系统的研究。到目前为止，《呼啸山庄》在西方的研究角度可谓是全方位的：①从作者角度，如桑格和塞西尔对作者创作意图及其在作品中的贯彻的研究；②从作品角度，如多萝西·凡根特所做的小说文本分析等；③从读者角度，如克尔莫德重视文本多义性的阐释及读者在阐释中的重要作用等。国内学者的研究也呈现出多元化的趋势，从各个不同的角度对小说进行挖掘，发表了一批有分量的论文。对于《呼啸山庄》的研究，笔者认为，这些不同角度的阐释都具有一定的合理性（无论你认为这些阐释是研究者从作品中挖掘出来的，还是他们根据自己的阅读体验赋予小说的），但它们都不是终极性的。事实上，任何文学的研究都不可能是终极性的。《呼啸山庄》的意义系统是开放性的，研究者尽可"仁者见仁，智者见智"。

尽管如此，人们还是不禁要问：小说里女主人公凯瑟琳和男主角希斯克利夫的关系的性质究竟是什么？他们俩彼此相爱的基础是什么？难道纯粹就是阶级感情或"罗密欧与朱丽叶"式的爱情故事吗？凡是读过《呼啸山庄》的人，都曾感受过那种撼人心魄的力量。掩卷长思，不得其解，《呼啸山庄》的魅力究竟何在？

笔者认为，《呼啸山庄》是一部悲剧，一部古希腊意义上的悲剧，它深深植根于西方文化的源头——古希腊悲剧之中。《呼啸山庄》描述了对人世无涯苦难的反抗，其主人公在反抗苦难之时表现出了人的尊严感、超乎常人的坚毅与巨人般的力量，读后令人振奋与鼓舞，甚至拍案叫绝。《呼啸山庄》的真正魅力在于它展示了女人的困惑，甚至是整个人类生存的困惑，即人类悲剧性的命运。

英国著名小说家兼文学评论家毛姆认为，艾米莉创作《呼啸山庄》，就像她向自己内心那口寂寞之井深深地窥探进去，看到那儿有一些不可告人的秘密。她在自己灵魂深处的隐蔽之所发现了希斯克利夫和凯瑟琳。根据现代心理学的研究，人的内心深处寓居着不止一个人，人的心理是个复杂的集合体。毛姆的见解颇有几分道理，可惜他语焉不详，他也不可能进行详尽的心理探讨和研究，不过他的看法对我们的研究具有很大的启发作用。

20世纪最伟大的心理学家弗洛伊德对人类的心灵世界进行了空前的挖掘，他做出了很多划时代的心理学发现。人格心理学就是弗洛伊德心理学宏伟大厦的一个有机组成部分，根据他的人格心理学，人格可以分为三个部分，即"本我"（id）、"自我"（ego）和"超我"（superego）。"本我"是一种原始的力量来源，它只寻求满足最基本的生物要求。"自我"是人格的表层，与"本我"相对立，在与环境接触过程中由"本我"发展而来。"超我"是人与社会环境接触过程中发展而来的，使人能按照价值观念或自己的理想行事。"超我"一旦形成，"自我"有责任同时满足本能冲动、"超我"和现实三方面的要求。在弗洛伊德宏大的理论体系中，虽说大部分理论精妙绝伦，但也有一些理论或某些论点牵强附会，难以自圆其说。不过他的人格理论确实从多方面揭示了人类内心深处许多鲜为人知的神秘之处，为我们分析一些经典文学作品提供了新颖独特的视角。

根据弗洛伊德的人格心理学理论，希斯克利夫可以被看作是凯瑟琳外化了的"本我"，他代表着凯瑟琳那汹涌澎湃、不可遏止的"原始野蛮"的"本我"；埃德加·林顿则象征着凯瑟琳温文尔雅的"超我"。与其说凯瑟琳是在两个男人希斯克利夫与林顿之间进行选择，倒不如说她是在她自己的原始"本我"与文化"超我"之间彷徨。让我们看看下面一段经典性引文：

我爱他，那并不是因为他漂亮，耐莉，而是因为他比我更像我自己。不论我们的灵魂是什么做成的，他的和我的是一模一样的；而林顿的灵魂就如月光和闪电，或者霜和火，完全不同……在这个世界上，我最大的悲痛就是希斯克利夫的悲痛，而且我从一开始就注意并且互相感受到了。在我的生活中，他是我思想的中心。如果别的一切都毁灭了，而他还留下来，我就能继续活下去；如果别的一切都留下来，而他却给消灭了，这个世界对于我将成为一个极为陌生的地方。我就不像是他的一部分。我对林顿的爱像是树林中的叶子，我很清楚，在冬天变化树木的时候，时光便会变化叶子。我对希斯克利夫的爱恰似地下的恒久不变的岩石：虽然看起来它给你的愉快并不多，可是这点愉快却是必需的。耐莉，我就是希斯克利夫！他永远永远地在我心里。他并不是作为一种乐趣，并不见得比我对我自己还更有兴趣些，却是作为我自己本身而存在的。

许多批评家都感受到了以上这段文字震撼人心的深意，文学评论家莫里斯·梅特林克赞叹地说："艾米莉是从哪里听到这番可谓是前无古人的言辞的呢，这不就是从她心里流露出来的吗？"但是，人们对此的理解与阐释则大相径庭，迥然不同。笔者认为，这段重要引文是理解《呼啸山庄》的关键，它的表层意义显而易见，可认为是两人情投意合，但深层含义则必须借助弗洛伊德的人格心理学方可获得合理的解释，"他比我更像我自己"至少有以下两层含义：其一，凯瑟琳觉得希斯克利夫与自己深层的"本我"完全相通，他完全按照自己的天性生活，无拘无束。与他在一起，她感到一种从未有过的自由自在的洒脱之感。与希斯克利夫在一起，她内心的"本我"就被唤醒了，因此，她在生命最本质的层面上活着，这样的生活对她来说是再惬意不过了。其二，她本人则更多受着"超我"的支配，压抑着自己的天性，尤其是在希斯克利夫走后，她必须回到原先压抑自我的生活中去，极力克制自己，时时处处按照文化"超我"的要求与规范循规蹈矩地活着，这令凯瑟琳痛苦不堪、郁郁寡欢，因为她在本性上是一个不受拘束的自由精灵。

从小说一开始，艾米莉仿佛有意识地把她所描写的人物置于似乎是天地初开的洪荒时代。这里石楠丛生，荆棘遍野，风声涛声终日不绝于耳，而小说里的主人公好像是流落荒岛的鲁滨孙。作者这种匠心独运的安排好像是要让读者亲眼看见文明产生发展的全过程。"每个儿童降临人世时，都像他们的原始祖先一样不文明。"凯瑟琳的童年正是如此。她桀骜不驯、狂放不羁。她时时反抗父亲，不愿做他所希望的"乖孩子"。父亲死后，她哥哥欣德利主持家政，凯瑟琳继续向他的权威挑战。在反抗欣德利的过程中，凯瑟琳与希斯克利夫结为盟友。欣德利从一开始就很嫉恨希斯克利夫，他父亲死后，他的嫉恨发展到必欲把希斯克利夫除之而后快。他对希斯克利夫无所不用其极，他的暴行足以把一个圣徒变成魔鬼。欣德利残酷地剥夺了希斯克利夫受教育的权利，使其变成了一个彻头彻尾的"野蛮人"，以至于希斯克利夫决心向欣德利报复，甚至是不择手段的报复。凯瑟琳很像她的塑造者——艾米莉，或者说，凯瑟琳就是艾米莉的化身。追求自由既是凯瑟琳的天性，又是艾米莉的天性。艾米莉从她的天性深处，发出了第一个也是最后一个呼声，她要求得到一件必不可少的东西，缺少了这件东西，一切德行都是无意义的，一切欢乐都是邪恶的，一切希望都是可耻的，一切信仰都是卑鄙的，这件东西就是——自由。童年的凯瑟琳正如童年的人类，她完全放任自己的天性，随心所欲，自由自在，无拘无束。

随着年龄的增长，凯瑟琳开始对这种"没有多少实际意义的自由"感到厌倦。这正是她在社会和环境的影响下，"超我"逐渐形成的时期。当她第一次看到林顿家庭的文明生活时，她是那样的心驰神往、激动不已。她很快地改变了初衷，决定嫁给林顿。她曾经对耐莉吐露过自己的心声，林顿不但长得英俊，而且"将要有钱，我愿意做附近最了不起的女人，而我有这么一个丈夫就会觉得骄傲"。在凯瑟琳的梦境里，林顿总是与天堂般的舒适与安逸联系在一起。凯瑟琳选择林顿作为婚姻伴侣是为了满足她自己的文化"超我"，以便获得社会权利与经济地位。结婚以后，凯瑟琳要不断压抑自己的原始"本我"，以便使自己的行为举止完全符合文化"超我"所规定的准则，做个温文尔雅、彬彬有礼的"贵夫人"。开始的时候，凯瑟琳做得很成功，甚至连耐莉都觉得凯瑟琳变成了另一个人，感慨地说，凯瑟琳的举止比想象的要好得多，她太爱林顿先生了。

但是，凯瑟琳不可能长期压抑自己的天性，她在灵魂深处与林顿是毫无相同之处的，因为"林顿的灵魂，就如月光和闪电，或者霜和火，完全不同"，凯瑟琳与林顿的结合只不过是貌合神离。她为了与林顿长期和睦相处不得不压抑自己的"本我"，这长期的压抑使她变得惆怅、忧郁乃至疯狂。当希斯克利夫回到呼啸山庄时，凯瑟琳喜出望外，抑制不住内心的喜悦，因为他的归来唤醒了她备受压抑的"本我"，搅动了她沉闷已久的内心世界。顿时，她的脑海里荡起了矛盾冲突的波浪，卷起了感情搏斗的巨澜。于是，温文尔雅的"超我"与原始野蛮的"本我"展开了一场殊死的搏斗。凯瑟琳追求"文明的理想"（即与林顿的结合）必然以牺牲自己的天性为代价。与希斯克利夫相比，林顿对凯瑟琳的吸引力并不具有永恒性。画眉山庄安逸舒适的生活渐渐使她感到窒息和腻味。虽说如此，她还是很难放弃这种舒适的文明生活，去跟希斯克利夫私奔或正式结婚。现代文明逐渐使人异化，这正是人异化的明证。凯瑟琳在她的内心深处对林顿和希斯克利夫作选择，她难以选择但又不得不选择，这是她真正的痛苦所在。

皎洁、宁静的月亮代表着文明舒适与安逸，也代表着林顿恬静的心灵；而激荡、燃烧与电闪、雷鸣则属于希斯克利夫的世界。凯瑟琳对林顿的爱就像树叶一样，会随季节而变黄，而她对希斯克利夫的爱则如岩石，亘古不变。这不仅仅是性爱，性爱没有它深广。凯瑟琳深知她与希斯克利夫有着同样燃烧、激荡的灵魂，"不论我们的灵魂是什么构成的，他的和我的是一模一样的。"即使在她与林顿结婚时，她也没有否定她与希斯克利夫灵魂的基础，只是暂时压抑了自己的"本我"。

凯瑟琳真诚地希望与两人都保持关系，她与林顿结婚以满足自己的文化"超我"，同时与希斯克利夫保持情人关系，与他进行深层次的心灵交流以满足自己"本我"的需要。但是，这有悖于伦理（希斯克利夫从小就是凯瑟琳的哥哥，她父亲的养子），甚至有悖于常理。在这一点上，艾米莉已显露出了劳伦斯婚姻观的萌芽。劳伦斯反对两性之间的占有，特别是精神占有，而要达到一种灵与肉的完美结合。他认为，两性之间的关系应该是双星座式的，双方既是夫妻，又是自由的个体。男女之间的爱是世上最伟大、最完美的情感，因为它是双重的，包括互相对立的两个方面。男女之间的爱是最完美的生活脉搏，心的收缩和舒张。艾米莉生活在维多利亚时代，她勇敢地向当时压制个人自由的婚姻制度提出挑战，并在自己的作品里表达了对自由的渴望。后来，劳伦斯进一步发展了这些观点并使之系统化。可以说，她是劳伦斯的先驱。从某种意义上讲，她超越了自己的时代。

小说里的凯瑟琳用自己的勇敢行为否定了这种观点，即选择一个人则意味着放弃另一个人。她选择了林顿并与之结合，但她并没有否定她与希斯克利夫之间的"爱情"。这便是凯瑟琳真正的困惑。她这种行为和要求不为19世纪的人所理解，也很难为20世纪的人所容忍。但是，任何人也不可否认：人是一个矛盾的集合体。当你接受一个人的爱时，你也许还会觉得另一个人在深深地吸引着你。这是人类生存的一个事实，但是也是被文明的伦理道德所唾弃的事实。伦理道德只能压抑它，并不能根除它。从女权主义的角度看，小说中的妇女，要么是歇斯底里地、朦胧地选择"女性型"而生存，但这并不奏效（与林顿婚媾）；要么寻求"同一"和"统一"，忍受死亡的痛苦（阴魂偕同希斯克利夫在荒野游荡）"。凯瑟琳违背自己的天性、压抑"自我"，与林顿结合。婚后，她并不感到幸福，她与希斯克利夫幽会，又引起林顿的嫉恨，这使她进退维谷、左右为难，几近疯狂。

其实，凯瑟琳与希斯克利夫两人之间的爱情关系还可升华到一个更高层次，因为他们表现的不仅仅是他们两人之间的爱情，而且是一种人类普遍的情感困惑。与《简·爱》相比，《呼啸山庄》的普遍意义自然显现出来。英国女作家兼文学评论家弗吉尼亚·伍尔夫敏锐地指出了它们的本质不同：

《呼啸山庄》是一部比《简·爱》更难理解的作品，因为艾米莉是一位比夏洛蒂更伟大的诗人。当夏洛蒂写作之时，她以雄辩华丽而热情的语言来倾诉："我爱""我恨""我痛苦"。她的经验虽然更为强烈，却和我们本身的经验处于同一个水平上。然而，在《呼啸山庄》中，却没有这个"我"，没有家庭女教师，也没有雇佣女教师的主人；有爱，然而却不是男女之爱。艾米莉是被某种更为广泛的思想观念所激动。那促使她去创作的动力，并非她自己所受到的痛苦或伤害。她朝外面望去，看到一个四分五裂、混乱不堪的世界，于是她觉得她的内心有一股力量，要在一部作品中把那分裂的世界重新合为一体。在这部作品中，从头至尾都可以感觉到那巨大的抱负——这是一场战斗，虽然受到一点挫折，但依然信心百倍，她要通过她的人物来倾诉的不仅仅是"我爱"或"我恨"，而是"我们，整个人类"和"你们，永恒的力量……"这句话并未说完。她言犹未尽，这也不足为奇；令人惊奇的却是她完全能够使我们感觉到她心中想说而未说的话。

由此可见，艾米莉描绘的不仅仅是女性的困惑，尽管她用凯瑟琳这个女性作为表达她这种困惑的载体。她表现的是人类普遍的困惑，即人类普遍的悲剧性命运。让我们试从艾米莉个性发展的历程和她童年的特殊经历中去寻找她创作《呼啸山庄》的深层原因。

从童年时起，勃朗特姐妹就失去了母亲的爱抚与保护，而父亲又是一个严厉而冷漠的人。姐妹三人在很小的时候就产生了一种"自卑感"和"不安全感"，因而在心理上渴望得到某种补偿。在夏洛蒂的心里，威灵顿公爵是她崇拜的英雄。从13岁至18岁，她心目中似乎只有一个崇拜的英雄，那就是威灵顿公爵。不论是写远古的神话，或是写反映现代生活的戏剧，主人公都同样离不开杜罗侯爵。据盖斯凯尔夫人说，她很早就渴望通过某种形式——写作或绘画抒发自己的情感。而她妹妹艾米莉出于与她相同的原因通过写作表现自己的男性抗议。在艾米莉身上，女性男性化的特点相当明显。孩提时，邻居们都觉得她更像一个男孩。她的家庭教师埃热先生说："她应该是个男人，一个伟大的航海家。"夏洛蒂也认为："我妹妹艾米莉爱荒原。在她眼中，最幽暗的石楠丛会开放出比玫瑰还要娇艳的花；在她心里，铅灰色的山坡上一处黑沉沉的溪谷，会变成人间乐园。在她荒凉寂寥的处所找到许多开怀的乐趣,而她胜过一切、最最热爱的是——自由。""从她自己的家,换到一所学校,从她自己那寂静无声与世隔绝,然而无拘无束自由自在的生活方式,换到一种纪律严格循规蹈矩的生活方式,是她所无法忍受的。"妹妹艾米莉"比男孩子还要刚强,比小孩子还要单纯,她的性格是独一无二的"。艾米莉是一个狂放不羁、超脱潇洒的人,她天性酷爱自由。但是,从她自己所生活的环境中,她深深地感到人并不自由,文明和社会给人套上了一条条绳索,使人无往而不在枷锁之中。从一己之命运,她悟出了人类悲剧性的命运——人类的困惑。

姐妹俩所生活的家庭氛围和受教育的背景大致相同,但是因为两人性格的不同,她们创造出了截然不同的作品。在姐姐的作品里,随处可见她自己与法国有关和涉及法国学识的地方,但在艾米莉的作品里没有一次提到法语或法国书籍。不管是什么原因,姐妹俩所受的外国影响是不同的,艾米莉无疑是得益于霍夫曼的故事,而夏洛蒂则大概受惠于法国浪漫主义书籍。这些不同的影响在她们各自不同的作品里表现得更为明显。在《简·爱》里,夏洛蒂创造了一个确实令人感兴趣的浪漫主义的情景。简·爱是个孤儿,寄人篱下,靠亲戚生活。她的亲戚对她百般凌虐,但并不能使她在精神上屈服,却引起了她在精神上的反叛。于是为了惩罚她,或者说,为了摆脱她,他们将她送到一所慈善学校。那里恶劣的生活条件、苛刻的专横制度、清教的矫揉造作和全套的伪善,几乎是夏洛蒂自己生活的记录。而艾米莉则是受了德国文学的影响,创造出了一部不朽的,堪称是莎士比亚式的悲剧。《呼啸山庄》里的悲剧人物在艾米莉的脑海里孕育了许多年,这在她早期的诗篇里就有所流露:

我爱你,孩子,
因为你的面容闪耀着神圣光辉,充满了神灵。
亲爱的,你这热心的神圣的孩子,
你太善良,经不起现实敌对的粗犷,你现在如天堂般圣洁,
但注定要在心里和苦难之中,
变得像地狱一般快乐的孩子!你的头发像阳光灿烂,
你的眼睛像海一样深邃,像海一样湛蓝,
啊,你这上天赐福的精灵,你怎么会降生在此地,这阴郁的天空下面?
你应该生长在永驻的春光里,
那里从不会有阴暗的日子;
六翼天使哟,你为什么长错了翅膀,
使你下凡,同他一起垂泪悲伤?

从艾米莉早年这些诗歌中不难看出,她已经在无意识地表达她内心世界的某种冲动,仿佛隐隐约约在自己"内心那口寂寞之井"里看到了希斯克利夫和凯瑟琳这些悲剧人物及可能降临到他们头上的悲剧性命运。后来,在创作小说《呼啸山庄》时,她内心不断冲突着的两种力量逐渐外化成两个不朽的文学形象——凯瑟琳和希斯克利夫,即她早年诗歌中的"最奇特的、最大胆的、最光辉的""两个孩子"的意象。在他们难分难解地热恋时,

因为"希斯克利夫比我更像我自己",凯瑟琳不顾一切地爱恋着他。然而,当她看到林顿家豪华的住宅与富庶的生活之时,她改变了初衷,嫁给了林顿。从此,他们的悲剧开始了。她自己陷入了痛苦的深渊,也把希斯克利夫拖入了难以自拔的精神与情感的绝境,正如希斯克利夫所说,"你现在才使我明白你曾经多么残酷——残酷又虚伪。你过去为什么瞧不起我呢?你为什么欺骗你自己的心呢,凯蒂?我没有一句安慰的话。这是你应得的。你害死了你自己。是的,你可以亲吻我,哭,又逼出我的吻和眼泪:我的吻和眼泪要摧残你——它们要诅咒你。你爱过我——那么你有什么权利离开我呢?有什么权利——回答我——对林顿存有那种可怜的幻想?因为悲惨、耻辱和死亡,以及上帝或撒旦所能给的一切打击和痛苦都不能把我们分开,而你,却出于你自己的心意这样做了。我没有弄碎你的心——是你弄碎了;而在弄碎它的同时,你把我的心也弄碎了。因为我是强壮的,对于我就格外苦。我还要活吗?那将是什么样的生活,当你——啊,上帝!你愿意带着你的灵魂住在坟墓里吗?"凯瑟琳作为一个社会的人,她的婚姻选择不可能不受世俗观念的影响,也就是我们所说的她的"超我"在此起主导作用,决定着她最后的婚姻选择;但是,作为一个自然的人,凯瑟琳具有丰富的情感生活,她在每日每时的生活中更注重的则是两人的情投意合与深层次的交流,此时的凯瑟琳则是由"本我"支配着。她可以在某一个时间段内压抑自己,把自己变得温文尔雅,合乎社会道德的要求,俨然一个淑女。但她不可能永远这样压抑自己,否则她将变成行尸走肉。她试图挣扎着改变自己的生活,在不破坏自己婚姻的前提下,尽量满足自己"本我"的需要。但是,这是不可能的。林顿,即文化的"超我",是不能容忍凯瑟琳以林顿夫人的身份与希斯克利夫长期保持关系的;同时她嫁给林顿这一事实本身也使希斯克利夫无法忍受。各种因素交汇在一起,各种力量交汇在一处,使男女主人公陷入了进退维谷的境地,或者说,社会环境与人物个性的冲突最终酿成了凯瑟琳与希斯克利夫的悲剧。英国文学批评家史文朋在比较了《呼啸山庄》和《李尔王》之后,盛赞艾米莉是一个"悲剧天才",因为她不仅感悟到了人的悲剧性命运,而且能把人的这种悲剧性困境淋漓尽致地表现出来。希斯克利夫具有超越常人的生命活力、狂放不羁的个性、忍受一切苦难的力量;他天资聪慧、勇武过人。在各个方面,他都具备了一个悲剧英雄的品质,"他巍然屹立在那里,巨大,黝黑,双眉紧锁,半是雕像,半是岩石"。希斯克利夫以一个伟丈夫的气魄,用生命去爱;当这个世界不能友善地对待他时,他在狂怒之中,把它砸烂、撕碎。悲剧人物身上最不可原谅的,就是怯懦和屈从。悲剧人物可以是一个坏人,但他身上总要有一点英雄的宏伟气质。希斯克利夫并不是个坏人,而且他身上还有朱光潜先生所称道的、必不可少的"宏伟气质"。他敢爱、敢恨、敢于复仇,这一切都令人惊愕、令人赞叹。

夏洛蒂和艾米莉截然不同的天性自然地渗透在她们各自的作品里。在简·爱的内心,罗切斯特既是她崇拜的偶像,又是她反抗的"父权",最后她不得不"皈依"他。在她得到所谓的"平等"时,她已丧失了自己独立的人格。"我的灵魂就像你的灵魂一样",简·爱总是把罗切斯特作为衡量自己的尺度;艾米莉则截然不同,她的凯瑟琳有强烈的个性,她不愿意去充当"家庭里的天使"。她爱的实际上是她自己,而无须以别人作为衡量标准。凯瑟琳对希斯克利夫既有爱也有恨,这种融合着爱与恨的激情变成了一股不可遏止的、无法驾驭的情感。方平先生认为,爱和恨,都是生命在燃烧。在这部作品中,"恨"是"爱"的异化或扭曲。艾米莉认为,对立着的爱与恨完全可以相互转换。希斯克利夫受挫折的爱自然转化成了极端的恨。这恨既毁灭了自己,又毁灭了一切与此有关的人和无关的人。在《呼啸山庄》里,艾米莉给我们创造了一个超出是非善恶的世界,一个不能以常情常理衡量的非理性世界。因此,我们不能用世俗的伦理道德简单化地谴责希斯克利夫和凯瑟琳。在小说中,希斯克利夫曾说:"凭他那瘦小的可怜的身子,即使拼命地爱,爱上18年,也抵不上我一天的爱!"这虽是他的夸耀之词,仍表现了他那巨人般的爱。当他的爱遭践踏,顷刻间化作恨,他恨所有的人。他是一个具备感情的超人——只是他那暴风雨般猛烈的爱、猛烈的恨,远远超出了我们常人的感情起伏所能达到的程度。在这个"非理性"与"超道德"的世界里,希斯克利夫以超出人世间的力量爱着凯瑟琳,他这排除了一切利益计较、生死不渝的火一般燃烧着的爱情,两颗灵魂像铁铸般熔在一起的爱情,才称得上爱情!为了用最浓郁的诗意表达纯洁的爱情是两颗灵魂永不分离的结合,女作家甚至用浪漫主义的手法把凯瑟琳和希斯克利夫青梅竹马发展起来的、生活气息很浓厚的爱情,提升为虚无缥缈的超人世的爱情。当这种深沉宽广的爱无法实现或受到挫败之时,它则以一种不同寻常的方式转化成"恨",这"恨"的强烈程度同样是超出一般人世间的恨。在艾米莉的小说世界里,作者以自己独特的领悟力感受着世间的悲剧,并用诗一般的语言创造了一个令人荡气回肠的悲剧作品。这个撕心裂肺的悲剧故事与表现盎格鲁-撒克逊民族早期奋斗历史的古英语史诗《贝奥武甫》在文化精神上是一脉相承的。小说人物凯瑟琳的个性既体现了盎格鲁-撒克逊的民族精神——雄健刚强、不怕一切艰难困苦的精神,也表现了作者艾米莉本人的独特天性——酷爱自由。自由是艾米莉的鼻息,没有自由,她就毁灭。

综上所述,根据弗洛伊德的人格心理学原理,从象征的角度来观照《呼啸山庄》,希斯克利夫可以被看作是凯瑟琳外化了的"本我",而林顿则代表着凯瑟琳外化了的"超我"。"本我"与"超我"的冲突在凯瑟琳的内心煎熬地进行着。在与林顿的婚后生活中,凯瑟琳发现自己愈来愈难以压抑自己内心那个原始野蛮的"本我"。与希斯克利夫的幽会,满足了凯瑟琳的渴望,给她带来了无限欢乐。但是,她不能总这样下去,因为她现在是林顿夫人,与希斯克利夫的幽会既悖于常礼又不容于道德。这就是凯瑟琳的困境,或者说是人类悲剧性的命运。著名文学评论家方平在谈到《呼啸山庄》时指出:"无论主题思想,还是艺术构思、艺术技巧,那深度都不是一眼能望到底、一句话就说得尽的;与其搬出'伟大''独特''出类拔萃'这一类形容词,我宁可这样表示我的赞叹:真是说不尽的《呼啸山庄》!"《呼啸山庄》确实博大精深,其中蕴含着丰富的悲剧意义,英国文学家兼评论家弗吉尼亚·伍尔夫对艾米莉的天才之作也是赞叹不已:"艾米莉似乎能够把我们赖以识别人们的一切外部标志都撕得粉碎,然后再把一股如此强烈的生命气息灌注到这些不可辨认的透明的幻影中去,使它们超越了现实。那么,她的力量是一切力量中最为罕见的一种。

她可以使人生摆脱它所依赖的事实;寥寥数笔,她即可点明一张脸庞的内在精神,因此它并不需要借助于躯体;只要她说起荒野沼泽,我们便听到狂风呼啸、雷声隆隆。"《呼啸山庄》撼人心魄的力量源自作者艾米莉对人生悲剧性的感悟与体验,并用超乎常人的艺术手法表达她的感悟与体验。

二、悲剧美学与悲剧作品对于人生的启迪

古希腊哲学家亚里士多德认为,悲剧是对于"优于实际的人的行动"的模仿,这种人不可避免地要"遭遇不应遭遇的厄运",同时因为遭受厄运的悲剧主人公与普通人类似,自然会引起观众的"怜悯与恐惧",借此把悲苦之情宣泄出来,达到痛感转化为快感,实现心灵"净化"之目的。

悲剧一般要有四大要素:

(1)令人同情与认同悲剧主人公;

(2)悲剧主人公必须遭受磨难,继而死亡;

(3)悲剧主人公遭受磨难与死亡既是不可避免的,又是不公正的与不能接受的;

(4)由人物的悲剧命运所引发的对人类普遍命运的思考以及启示。

亚里士多德把人物的悲剧命运归结为"性格中的瑕疵",即"过失说"。而美国戏剧家亚瑟米勒则认为恰恰相反,悲剧人物"面临自认为对他的尊严提出了挑战的情况下——这种挑战是和他自认为的应有的公正地位相悖的——不甘心无所作为的内在感情而已"。在米勒看来,导致人物悲剧性命运的因素不仅不是什么"瑕疵",而是一种反抗精神。正如我国著名美学家朱光潜所指出的:对悲剧来说紧要的不仅是巨大的痛苦,而是对待痛苦的方式,没有对灾难的反抗,也就没有悲剧,引起我们快感的不是灾难,而是反抗。因此,在悲剧中,重要的是对苦难的忍受与反抗。

德国哲学家黑格尔认为悲剧性冲突实际上是两种伦理力量的冲突,这种冲突及其导致的悲剧性结局都是悲剧性的。在悲剧性冲突中,代表片面性和特殊性要求的悲剧人物毁灭了,然而真正的伦理理念,即"永恒的正义"实现了,这就是悲剧美感之所在。英国哲学家布拉德雷对黑格尔关于悲剧的观点进行了修正。他指出,黑格尔忽视了悲剧中的苦难与轻视了悲剧中的厄运,必然就没有忍受苦难和反抗厄运的问题了。没有苦难与忍受苦难就不存在悲剧性问题,因为悲剧正是通过描写悲剧人物罹难,或被巨大的灾难所毁灭来表现人的价值与人的意志的不可征服性;在忍受巨大的痛苦中,或与命运作殊死的搏斗中捍卫人的尊严和证实人的意志的不可毁灭性。20世纪人们对于悲剧的理解更加深刻和宽广,悲剧人物可以是任何社会阶层的人。关于悲剧人物的身份,过去总是认为只有社会地位高的人物才配得上,其实重要的应是人物内在的崇高性,而不仅仅是外在的社会地位。任何人对人生的挑战奋起应战的行动本身都包含着令人景仰的"崇高",因此,他们都有资格成为悲剧人物。

悲剧欣赏应是一种迥然不同于喜剧欣赏的态度。如果说喜剧欣赏应具备"非英雄化的怀疑心态""非情感化的理智心态"和"非严肃化的玩笑心态",那么悲剧欣赏则必须具有"英雄崇拜心理""情感化心理"和"严肃认真的心理",欣赏者必须在情感上与悲剧英雄认同,甚至设身处地把自己置于英雄的位置,与他们"同生死""共命运",以"知其不可为而为之"的气概应对人生的挑战,"明知山有虎,偏向虎山行",坦然面对困难与失败。

从《呼啸山庄》的阅读与欣赏中,我们感受到了悲剧人生的威武雄壮和慷慨悲壮。希斯克利夫从小就是一个弃儿,被凯瑟琳的父亲捡回家,当作养子带大,但是凯瑟琳的哥哥欣德利非常嫉恨他,常常欺侮他,尤其是在父亲去世之后,欣德利执掌家政后更是对他百般刁难、任意侮辱。稍长他与凯瑟琳相爱了,这使他感到幸福,可是凯瑟琳却突然选择了林顿,抛弃了他。他决定离家出走,数年后返回呼啸山庄实施他的复仇计划:首先与欣德利豪赌,赢得了他的全部财产,使他破产、精神失常。其次,与凯瑟琳幽会,让她感到痛苦,为自己的选择而感到内疚,因为他知道凯瑟琳在情感上更倾向于他。凯瑟琳从此在内心承受着痛苦的折磨,一直到死,她都痛不欲生。希斯克利夫的人生轨迹是从出生于不幸开始,面对不公正的对待,他没有偃旗息鼓、默然忍受,而是奋起反抗,他的报复甚至有些过分,他没有屈服于命运,向不公正的命运挑战,在挑战和迎战中,他焕发出来的力量感与震撼力是令人惊愕的和值得赞颂的。

读者从《呼啸山庄》中首先能够感受到悲剧英雄希斯克利夫的义无反顾的精神、认定目标不放弃的精神,其在复仇过程中所迸发出来的无与伦比的力量感都使我们对人生有了全新的认识和体验。在阅读这一悲剧作品过程中,读者会在情感上认同悲剧英雄希斯克利夫,甚至会把自己放在他的地位思考问题。悲剧英雄可能会是在自己比较狭小的天地里反抗命运强加在自己头上的不公正,甚至是厄运,但是他们的反抗却具有普遍意义,让人感到"一股英雄气概"在人间回荡。悲剧的欣赏是比较凝重和严肃的,在读者心中唤起的情感也是崇高的。如果说喜剧是以轻松、幽默的方式表现人生的一些严肃课题,以理智的冷静观照人生的"可笑一面";悲剧则是以严肃、认真,甚至有些沉重的态度对待人生的重大问题,悲剧确实是"不苟言笑"的。

第三节　海明威"准则英雄"的独特魅力

海明威研究者大多都注意到了其小说主题的"狭窄性",但在这狭窄的主题里,他却充分施展了自己的艺术才华,使其具有了不同凡响的深刻性。从某种意义上讲,海明威的写作范围比他的任何同时代人都窄小,因为他只写一个主题:在一个失去了所有价值,只剩下强烈感情的世界,人类会如何面对死亡。但是,这恰恰就是海明威的独特与深刻之处。在这一"狭窄"的主题里,他充分地深化了它,使其具有不同凡响的深刻性。海明威把自己富有传奇色彩的悲剧人生故事融入他的悲剧艺术创作之中,创造出了独特的海明威式悲剧英雄。海明威的英雄，人们称其为"准则英雄"或"生命英雄"，现在已成为美国现代文化的有机组成部分，具有独特的艺术魅力。对海明威"准则英雄"的探讨是一个非常富有意义的研究命题。本节将对此进行探索。

海明威的"生命英雄"具有独特的悲剧色彩。一是他们不承担更多的社会、历史、道德乃至伦理责任。二是这类英雄还具有摆脱毁灭性厄运的能力。他们在向生命极限做必然失败的大无畏挑战意义上的悲剧。因此，他们的美感不产生在有价值人生的毁灭上，而是体现在这种有价值的冲击行动上。这无疑是一种与众不同的英雄。因此，可以说，海明威的"生命英雄"拓展了美学的悲剧范畴。此见解在某种意义上揭示了海明威悲剧英雄的独特魅力。由此，可概括出海明威悲剧英雄的两个显著特点：

第一，关注个体生命的律动与命运。海明威本人是一位男子气概十足的伟丈夫、奇男儿，甚至可以说他有一种大男子主义，对女性不屑一顾，从他的小说世界的主人公多是男子便可见一斑。他的悲剧故事则是男人们的故事，或以男人为中心的悲剧故事。在这个以男性为中心的世界中，海明威自始至终都在以典型的男性话语，向人们讲述着男人在现代社会中的孤独、失败、痛苦以及他们为战胜孤独、失败和痛苦而进行抗争的悲壮故事。海明威从他的文学创作之初，就对个体生命的孤独、失败与死亡予以特别的关注，并把它们作为自己悲剧小说的永恒主题。在现代悲剧的舞台上，昔日英雄今安在？他们一去不复返地消失在历史的长河中。现代悲剧英雄——孤独、绝望与失败的生命个体上了历史舞台，海明威为他们慷慨悲歌，以壮行色。海明威的个体生命主体在精神上和肉体上备受折磨与践踏，在各种重负之下，痛苦呻吟，但仍奋力前行。

第二，在社会价值取向与个人价值取向上更加注重个人价值取向。在海明威最具有代表性的四部长篇小说写作过程中，他的价值倚重曾发生过反复与摇摆，但是最后还是落到个人价值上，倚重这个美国乃至整个西方社会的主流价值取向。从《太阳照常升起》展示人类生存的悲剧性处境，到《永别了，武器》中主人公亨利拒绝无尊严、不悲壮的死亡，到《丧钟为谁而鸣》中作者唤起早年曾接受的为"真理、正义、忠诚、崇高、美德、荣誉"而献身的理念，海明威试图以社会的价值取向作为自己和自己的小说主人公的基本价值观，赋予他的悲剧主人公以更多的社会和历史的内涵。此后十余年，海明威似乎沉默了，评论界甚至感到作为文学家的海明威从此在世界文坛上销声匿迹了。但是，海明威在此期间把自己一生为艺术探索所积聚的艺术能量全部释放出来，升华到了一个崭新的境界，投注到他的最后杰作《老人与海》之中。振聋发聩的《老人与海》一经发表，人们便意识到海明威的悲剧艺术探索达到了巅峰。在《老人与海》里，他隐匿了一切社会的、历史的背景，最大限度地淡化了人际关系，最后只剩下一位饱经沧桑、傲然不屈的老渔夫，"驾一叶之扁舟"，"凌万顷之茫然"，傲然挺立，搏击风浪；浩瀚宇宙间，水天一色，唯有老人与海。这仿佛是天地初开的神话时代，老人挑战的已不是命运、社会，而是自然及人本身的生命极限。老人不愧为孤胆英雄，在永恒追寻中寻求"自我价值的实现"。小说最后留给我们意味深长的那一幕：船上悬挂的马林鱼骨架——这既是老人失败的记录，又是他不屈精神的象征。在这部高度浓缩的小说里,富有想象力与感觉敏锐的读者不难感受和想象冰山之下隐藏的那八分之七,领略海明威这部力作的全部价值以及海明威式悲剧英雄的独特魅力。

海明威之所以能创造出如此威武雄壮的悲剧英雄,其深刻原因就在于他能把自己独特的人生经历与悲剧观升华成艺术创造,创作出别具一格的悲剧小说。海明威童年深受父母影响,从小就酷爱户外运动;稍长,他把这种热爱变成了一种迷恋,对钓鱼、打猎、拳击、斗牛喜爱到了着迷的程度,由此形成了他倔强的个性与不屈的人格。从少年时代到他离开人世,冒险性、竞争性和挑战性的活动是他生命的主旋律。根据海明威的传记作者卡洛斯·贝克的记载,海明威3岁时常挂在嘴上的一句话是"我什么都不怕";在他5岁的时候,他兴高采烈地给外祖父讲述了他自己如何把一匹脱缰的马拦住的壮举。无论什么事,海明威都喜欢加上戏剧色彩,喜欢编造故事。而在每个故事中,他自己总是以一个恃强凌弱的英雄形象出现。成年后的海明威更是奔走于危险的风口浪尖,不断在死神的阴影中徘徊。在这一切活动中,他曾体验到了无数惊心动魄、生死攸关的刺激场面,甚至有好多次险些丢了性命。在他的读者心中,海明威是身中237块炸弹片而岿然屹立的硬汉,连续两次飞机失事而安然无恙的英雄。晚年,海明威面对"衰老""病魔蹂躏下的躯体"与"失去创造能力的自我",他毅然举起枪管向它们挑战,坚定地说出"不",悲壮地结束了自己的肉体生命,做出了人生中最后一次悲剧性选择。海明威独特的人生经历对他悲剧性人生观的形成产生了巨大的作用和影响。他曾满怀热情,怀着"光荣"和"消灭一切战争"的崇高目的参加两次世界大战和西班牙内战。然而,战争严酷的现实使他懂得战争是地球上前所未有的最大规模、最凶残、指挥最糟糕的屠杀。这一刻骨铭心的、噩梦般的经历使他猛醒,使他深刻地认识到了战争丑恶的本质,同时也形成了他对现代西方社会的基本认识:

其一,"死亡"。这是海明威感触颇深的一点。死亡随时都有可能发生,而且是在任何地方,可能发生在任何人身上,因此死亡是人类永远无法逃脱,也无法超越的最大的也可能是最恐怖的真实;死亡是一种神秘的力量,它可以在顷刻间剥夺任何人神圣的生存权利,击碎任何人美丽的人生梦想,将现实人生中一切美好的东西化为乌有。死亡的无常性和不可捉摸性反映了人的脆弱性与渺小无助,也反映了人生的无常性与不可预测性。在他看来,人人时刻都受着死亡的威胁,人人都生活在死亡的阴影里,因此,死亡是贯穿他作品的一个永恒主题。

其二,"痛苦"。海明威感受到的不仅有肉体的痛苦,更有精神的痛苦。从他早年参加战争多次负伤,到他晚年身患多种疾病,他几乎经历了人生中各种各样的肉体上的痛苦折磨;比肉体的折磨更让人痛苦千百倍的是他精神上的痛苦,这是让他几乎对人生失去信心的痛苦。在这方面,像德国唯意志主义哲学家叔本华和尼采一样,他坚信:人生就是与痛苦结下了不解之缘。人生的痛苦均产生于人生的无目的性、无意义性和无价值性,也产生于人所无法排遣的孤独感、人类努力的徒劳性、宇宙及社会对人的冷漠性,甚至也产生于人与人之间的冷漠性。由于无涯的苦难,人产生了虚无感和无意义感。而虚无感和无意义感则进一步加深了人的这种精神痛苦,它们互为因果,把人生变成了无法忍受的漫漫长夜,无底深渊。

其三，"荒诞"。这是海明威深深感受到的现代社会的一个突出特征。人类文明高度发展，世界和社会变得愈来愈怪异、荒谬、不可理喻。社会的异化与物化愈演愈烈，人也在这飞速发展的物质文明中失落了自我，人的行为也变得怪异和不可思议。现代社会正如现代派文学家笔下所描绘的那般：人性被扭曲，甚至变成了甲虫；世界也变成了一个痴人说梦的大舞台，人们疯疯癫癫，不知所云；战争更是把人变成了群魔，不知运用自己的头脑进行思考，只知接受命令、按照程序行事，毫无目的地自相残杀。海明威从自己的人生经历和参战的实际体验中感悟到了世界和人生的荒诞性和无意义性。在认识到世界的荒诞性与无意义性之后，他并未失去对人的主体性价值的信仰，也没有悲观泄气、一蹶不振，恰恰相反，他像一位勇士踏上了反抗荒诞性的漫漫征程，通过自己的人生搏斗与艺术创作实践消解着现实人生的荒诞性、无理性，努力在虚无的世界中挖掘和创造着人生的意义。从哲学意义上来说，海明威在弘扬一种人类的行动精神；从美学意义上来说，海明威贡献给人类的是一种悲剧美，一种"知其不可为而为之"的崇高。他明知不可为而为之，他明知无望而满怀希望，投入这场旷日持久并注定要失败的人生搏斗中，决不退让，决不放弃，直到最后在他不能精彩地存活之时，决定悲壮地死去。他在自己的重要小说中塑造了一个又一个的"迷惘者"，这些人物像作者一样勇敢地面对孤独、失败和死亡，并用自己的行动进行着悲剧性的抗争。

在美国文学史上，海明威与菲茨杰拉德齐名，他们共同创造了美国文学的新时代。国内外学者都曾从对比研究的角度对他们两人进行研究，国内近几年在两人比较研究方面最富创造性的成果是孔耕蕻先生的研究。孔先生对海明威和菲茨杰拉德的人格与艺术世界进行了深入剖析，精辟地概括出"勇士与夜莺""冰山与夜色"，并认为"海明威有着冰山的品格，他一生奔走于自然和人生的竞技场，蔑视金钱，浑身充满阳刚之气"，而菲茨杰拉德"则犹如月色中一只受伤的夜莺，他仰慕财富与特权，追逐功利与浮华，嗜钱如命，委屈柔弱"。在悲剧艺术方面，他认为，他们两人既"相似"，又"相异"。"'相似'是指他们都处理了相似的主题：迷惘、死亡、失败。""'相异'是指他们揭示主题的方式（题材、人物、环境）不同，意义完全相反。"他对海明威的评价，我们认为恰如其分，十分得当。孔先生能借用《西西弗斯的神话》的观点，对《老人与海》中老人的奋斗进行有力的说明，认为"他的人格力量就在于他在征服的过程中，能看到完全彻底的生命实在，能反观自身的生命的最高本质，能意识到人类的精神和不朽。正是他在同那个荒谬世界的反抗中，显示了他生命的无限魅力"。同时，孔先生还引用雅斯贝尔斯对悲剧和超越的看法："悲剧从形而上学的视角注视着人的欲望与苦难。缺乏形而上学这一依据，我们只剩下苦难、悲哀、不幸、灾难与失败。"根据雅斯贝尔斯的悲剧超越说，孔先生认为海明威的悲剧人物"面对失败，超越失败，从失败的桎梏里获得胜利，赢得了生命的自由"。因此，海明威的英雄的死亡具有"冰山式的雄健峻拔，激起的是威严与崇高；菲茨杰拉德的死亡，是夜色中的如缕情思，唤起的是哀婉与怜悯"。

孔先生对海明威的评论，笔者认为颇有道理，至于他对菲茨杰拉德的批评则值得商榷。恕不在此赘言，另文探讨。从形而上学的角度观照这一切，我们依然认为，菲茨杰拉德的悲剧英雄们的执着与顽强堪与海明威的那些豪气纵横的"硬汉们"同列。可以说，他们创造了不同类型的悲剧英雄，这些悲剧英雄具有不同的悲剧美学品质。他们都从他们各自的人生阅历中挖掘了悲剧的潜在含义，拓展了悲剧的美学意义。海明威式的"硬汉"已成为美国现代文化的有机组成部分，散发着诱人的魅力。海明威的悲剧英雄，人们亦称为"准则英雄"或曰"生命英雄"，他们不仅关注个体生命的律动与命运，而且高度重视个人价值。

第四节 艾丽斯·沃克《紫颜色》现代发展心理观照

美国当代著名黑人女作家艾丽斯·沃克的小说《紫颜色》(The Color Purple)是美国现代文学的经典之作。该书在出版当年即获得了"美国图书奖"与"普利策奖"，但同时也遭到了一些评论家的非议。在《紫颜色》中，艾丽斯·沃克从她自己独特的视角描写了美国黑人妇女的绝望、痛苦，剖析了她们"被戕害的"心灵世界，真实再现了她们寻找自我与人格尊严，逐渐成为独立自信的人的过程。沃克写的虽是黑人妇女西丽亚，但已超越了种族与性别，具有了广泛的普遍性，她专写黑人，却囊括了整个人类。国内评论界从女性主义、象征主义等角度对《紫颜色》进行了阐释，颇具启发意义。

《紫颜色》通过书信体展现女主人西丽亚自我复归的心路历程。小说就是主人公西丽亚追求人格尊严的忠实记录。在这一追求的过程中，"女性联系"发挥了举足轻重的作用。沃克选用"紫颜色"作为书名非常具有象征意义，因为在西方，紫颜色是皇家的颜色，象征着君权与威严。沃克把跪着的黑人妇女拉起来，把她们提到王权的高度。本节借助现代心理分析学与发展心理学的一些重要理论剖析西丽亚自我复归的心理历程，追溯西丽亚成长为独立自信的人的过程，揭示沃克小说关于获得真实自我的重要意义。

现代心理分析理论认为，女性发展深深植根于母婴间深层次的原始联系。这种联系在女性一生中都需要不断确立。初生婴儿，在心理上与其母融为一体。心理学家温尼科特认为，"没有独立于母亲之外的婴儿"，而只有"融为一体的哺育者与被哺育者"。婴儿是在"母婴关系内发展着"，"发展不是残留在历史中的一系列孤立事件的集合体，而是一个不断发展、不断更新的过程"。少儿的发展"从未充分确立，它随成长而不断加强，这个成长过程总在不断进行，直至老年"。婴儿在形成"自我"的过程中通常要经过若干阶段：①"绝对依赖"阶段：在这一阶段，婴儿完全依靠母亲所营造适合它发育的环境。②"相对依赖"阶段：婴儿逐渐学会区分"我"与"非我"。在6至24个月期间，婴儿逐渐意识到自己的"依赖性"，意识到母亲对他的至关重要性，他对母亲的实际需要变得强烈，以至不可遏止。2岁时，婴儿开始获得承受打击的能力。3岁之前，失去母亲或其他抚养者无疑会给孩子心灵造成莫大的伤害。婴儿在这些发展阶段都需精心照顾，照顾的过程即是把世界有条不紊地呈现给孩子。

另外,还有几个心理学概念对我们以下的讨论很有帮助。首先,"基本的母亲关注":即将分娩的母亲在临产前和产后几周内都处在一种特殊的心理状态之中,她们全神贯注于将生与新生的婴儿。其次,"好母亲",即倾心关注婴儿需要的母亲,能为婴儿提供一个"安逸舒适的环境"。在这一环境中,婴儿逐渐从与母亲融为一体中分离出来,或把她当作一个独立于自己的"非我"来看待。在这一时期,"好母亲"既是婴儿未成熟的辅助自我,又是婴儿映照自我的一面镜子。当母亲观察婴儿时,她是什么样与她观察到的密切相关。"好母亲"为婴儿提供足够的正面的"自我投影",遂使婴儿逐渐形成"真实自我",甚至会发展并完善自己的"虚假自我"。

下面将根据这些发展心理学理论与重要概念,尤其是"基本的母亲关注""好母亲""安逸舒适的环境""真实自我"与"虚假自我"等分析沃克的"女性联系"及它在西丽亚探索"真实自我"过程中的重要作用。

《紫颜色》里的主人公西丽亚颇像夏洛蒂·勃朗特笔下的简·爱,她童年时备受凌辱,失去父母之爱。在步入成年人的门槛之时,她在情感上感到茫然,不知所措。从她给上帝写的第一封诉苦信,读者仿佛看到了西丽亚那充满着心灵创伤、羞辱与负疚的内心世界。西丽亚曾遭继父阿方索奸污,继而怀孕。她在第一封信里写道:"上帝,我14岁,我向来是个好姑娘。也许你能显显灵,告诉我,我究竟出了什么事。"西丽亚把"我是"画掉,改写成"我向来是个好姑娘"。遭奸污之后,她总在自责,认为这些坏事发生在自己身上,是因为自己是坏女孩,所以只配有这种厄运。西丽亚给上帝写信,因为她对发生在她身上的事感到难以启齿,同时也因为阿方索的威胁:"你最好什么人也不告诉,只告诉上帝。否则,会害了你的妈妈。"威胁和恫吓使她守口如瓶,保持沉默。这封信以及之后的信,语句短促,结构重复,不带感情色彩。这表明西丽亚受到伤害的认知功能系统已经木然。她仿佛在平铺直叙一个与自己毫无关系的故事。

20岁时,西丽亚嫁给鳏夫阿尔伯特。婚后,丈夫百般虐待她。后来,阿尔伯特把他的老情人莎格·艾弗里带回家。在莎格的帮助下,西丽亚看到了妹妹耐蒂写来的信。这些信是在耐蒂随传教士科林和塞缪尔去非洲之后写给姐姐的,全被阿尔伯特藏了起来。耐蒂在信中向西丽亚吐露了一些她所不知道的情况:阿方索并不是她的生父。她一岁时,家庭和睦,父母亲很恩爱。在西丽亚不到两岁时,她父亲的店铺和铁匠铺被人烧毁,父亲三兄弟被白人商人拖出去勒死。父亲被肢解的尸体找回来后,耐蒂降生了。从此,母亲神情恍惚,精神失常了。一夜之间,西丽亚经历了人生中诸多苦难与不幸:慈父见背,良母精神失常,温暖安全的家荡然无存。在其后几个月,西丽亚与妹妹忍饥挨饿,食不果腹。当阿方索出现之后,他"把注意力倾注到这个寡妇与她的孩子们身上",西丽亚与妹妹的物质需要得到了满足,但是,母亲神志不清、体弱多病,无法像一个"好母亲"那样给予孩子所需要的一切爱。当母亲去看望她当医生的妹妹时,阿方索奸污了西丽亚,从此长期霸占了西丽亚。

这些悲惨的经历使西丽亚成了一个典型的受到"心灵戕害"的苟活者。"受到伤害的孩子变成了一个驯服的机器人",她婚后一直称丈夫为某某先生。当丈夫要她把皮鞭递过来毒打她时,她使自己变得麻木,"我拼命忍着不哭。我把自己变成木头。我对自己说,西丽亚,你是棵树。我就这样知道树是怕人的。"由于无法抑制自己的嫉妒与愤怒之情,西丽亚与摧残自己的男人站在一边。当哈波问西丽亚如何使索菲亚听他的指挥时,她说:"我没有提醒她,说她现在挺高兴的。她结婚三年了,可她还是高高兴兴地又吹口哨又唱歌。我想到,某某先生一叫我,我就心惊肉跳,而她却显出很奇怪的神情。她好像有些可怜我。打她,我说。"像其他受到"心灵戕害者"一样,西丽亚不仅变成了"一个驯服的机器人",而且在内心深处还埋藏着"戕害式"的愤怒。童年时,家庭的变故与骤然降临的种种不幸扭曲了西丽亚的人格,不仅使她失去了"真实自我",而且使她的情感发展处于停滞不前的状态。

艾丽斯·沃克不仅展示了主人公西丽亚扭曲的人格与受到伤害的内心世界,更重要的是描写了西丽亚如何从她心理的"停滞状态"摆脱出来,逐渐达到自我复归。在她自我复归的过程中,若干重要因素起了作用。

(1)在西丽亚两岁之前,她从温暖的家庭中曾经得到了父母之爱,这是一个不可忽视的重要因素。在充满爱与温暖的家庭里,西丽亚的物质需要与心理需要都得到了满足。西丽亚与母亲密切"联系"在一起,获得了"好母亲"无微不至的爱抚。著名心理学家罗伯特·斯托勒指出:"我们的核心性别意识就是我们对自己性别的意识,即男性对自己男性或女性对自己女性的意识。这部分地而不是完全地与我们所称之为性别意识一致——性别意识是个更加宽泛的概念,它是男性与女性特点的结合物,存在于每个人之中……核心性别意识首先产生,它是中心连接物,男性特点或女性特点围绕它而发展。""核心性别意识"一般在两岁时已巩固下来,而性别意识则由诸多因素如生理学、心理学、社会文化等所决定,直到青春期的中期或后期才会趋于成熟。据此,我们认为,西丽亚在两岁之前生活在一个和睦与温暖的家庭,这就为她以后的性别意识发展奠定了基础。

(2)失去母爱之后的西丽亚充分享受了"母亲替代者"所给予的爱,尤其是"蜜蜂王后"莎格的爱。夜总会歌女莎格既是西丽亚的"母亲替代者""好母亲",又是她的"情人"。她给予西丽亚"女性联系",并用自己无私的爱为西丽亚营造了一个"安逸舒适的环境"。西丽亚的自我意识得到进一步发展与完善,从而使她能勇敢地面对生活中的不幸与灾难,形成稳固的性别意识。

莎格作为"母亲替代者"在西丽亚的自我复归过程中起了举足轻重的作用。每当西丽亚看到莎格那"严肃"而"忧伤"的眼睛,她仿佛看到了自己被戕害的心灵深处。当阿方索试图说服阿尔伯特,西丽亚虽丑,但她会成为一个好妻子时,西丽亚拿出莎格的照片,看着她的眼睛。西丽亚总把莎格的眼睛当作一面镜子。莎格就是西丽亚前俄狄浦斯阶段的"好母亲"。后来,阿尔伯特把生病的莎格带回家,西丽亚渴望她早日痊愈。当莎格看着西丽亚时,她就像一个嗷嗷待哺的婴儿仰望着母亲,"她的脸是黑的……她的鼻子很尖,嘴唇丰润像樱桃,眼睛又大又亮"。西丽亚不仅用眼睛贪婪地望着莎格,而且渴望用嘴唇去吻她。在另一位美国黑人女作家托尼·莫里森的代表作《娇女》(又译《宠儿》)里,也有类似的描写。莫里森用了大量与"吃"有关的语言描写孩子对母亲的渴望。娇女在幻觉中总说母亲瑟思"咬我,把我吞下去了"。娇女与母亲的情感发生在弗洛伊德所称的"口腔阶段",所以,孩子对母爱的渴望都用与"吃"有关的语言来描写。可见西丽亚贪婪的目光乃是对母爱的渴望。正是这一"母婴"联系满足了西丽亚的渴望。西丽亚在童年失去母爱使她对于母爱处于一种强烈的渴望之中。

在与莎格的"女性联系"中,西丽亚对母爱的渴望得到了满足,因为莎格给她提供了一个"舒适安逸的环境"。西丽亚总是如饥似渴地望着莎格那赤裸裸的身体,"我第一次看到莎格·艾弗里瘦长的黑身体和像她嘴唇一样的黑梅子似的乳头的时候,我以为我变成了男人了"。西丽亚给莎格端来咖啡、点上香烟之后,很想"抓住她的手,把她的手指含在嘴里"。一天晚上,莎格主动要求与西丽亚同床共眠。当莎格问她与丈夫之间的关系怎样时,西丽亚第一次敞开心扉对另一个女人倾诉了自己的衷肠。西丽亚通过"倾诉"衷肠的办法重新"经历了"那痛苦的一幕幕。莎格创造了一个安全的环境,以便使西丽亚与自己那压抑已久的记忆与情感重新获得联系,最终令她摆脱梦魇般的过去的困扰。在此之后,西丽亚的精神状态、情感世界都发生了质的变化,逐渐朝着健康、健全的方向发展。

于是,她们两人成了好朋友,情人般的好朋友。在西丽亚通过倾诉与哭泣卸掉精神包袱之后,仍无法回想起她母亲曾给过她的爱,她抱怨说,"没有人爱我",莎格立刻回答说,"我爱你,西丽亚小姐。她抬起身子亲我的嘴","我也亲了她一下,也说了一声,嗯。我们亲了一遍又一遍,后来都亲不动了"。"我觉得我的奶头又软又湿,好像我失去的小娃娃的小嘴在吮吸。过了一会儿,我也变成了一个迷路的小娃娃。"毋庸置疑,西丽亚与莎格这种"女性联系"确实带有同性恋倾向。有些评论家据此指责作者沃克的描写"令人作呕"。而笔者认为莎格是作为西丽亚的"好母亲"出现,帮助她在童年就已处于停滞不前的情感不断发展。莎格不仅给西丽亚提供了一个舒适的环境,而且使她恢复了"真实自我"。西丽亚与莎格第一次同床共眠之后写道:"我和莎格睡得很死。有点像小时候跟妈妈睡觉的样子,不过我简直不记得跟妈妈一起睡过觉。又有点像跟耐蒂一起睡觉,不过跟耐蒂睡觉没有这样香甜。莎格的身子真软和。我觉得像进了天堂一样,这跟和某某先生睡觉完全不一样。"显而易见,她们的关系与其说是同性恋式的爱,倒不如说是一种母女之爱更确切。表面上这是两个女人之间的爱恋关系,而实质上则不然。西丽亚在莎格身上找到了母亲的影子,得到了母爱。这是她多年的渴望。正是这一伟大的母爱拯救了她,使她的情感发展趋于正常。评论界有些人仅仅根据她们两人的爱恋关系,简单化地把她们定义为同性恋,这种看法完全脱离了主人公西丽亚所生活的现实状况,不符合小说中所描绘的实际情况。

莎格的"女性联系"唤起了西丽亚的真正自我。莎格告诉西丽亚,阿尔伯特这些年把耐蒂寄来的信全藏了起来,以致她误认为妹妹已不在人间。西丽亚听后怒不可遏,恨不得立刻杀死阿尔伯特。这极度的愤怒险些使西丽亚失去理智,莎格建议她裁剪制服、裤子以排遣自己郁闷的情感，以便她从这强烈的愤恨中解脱出来。另外，她还引导西丽亚欣赏自己的生殖器。以前，西丽亚并不知道自己的女性魅力，甚至错误地认为自己的身体是造成男人虐待她的原因。在莎格的引导下，她开始探索自己身体的秘密，体验肉体带来的愉悦。这使她对自己有了全新的认识，从而使她恢复了自尊，走出了自卑的误区。莎格所扮演的双重角色以及融男女性意识为一体的特点帮助西丽亚完成了她的性意识发展，使她成了一个真正的女人，一个完整的有血有肉的女人。

西丽亚自我复归的最后一环是学会过一种独立的生活。在莎格离开她后，她度过了一个有益于她身心健康的悲伤期。"我真希望我能与她一起旅行，但我感谢上帝能让她到处旅行。有时候我很生她的气，气得想把她的头发一根根揪下来。可后来我又一想：莎格有生活的权利，她有权跟她要好的人一起周游世界。我爱她并不等于我能剥夺她的权利……我想她和她的友情……"经过长期痛苦的洗礼，西丽亚终于明白莎格是个独立自主的人，自己不能一味"占有"与依赖她。在与莎格的"女性联系"过程中，西丽亚得到了"好母亲"莎格的精心照顾，终于在中年后形成了自己成熟、稳固与自主的自我，即心理学家温尼科特所称的"真正自我"。

西丽亚的人格发展与她妹妹耐蒂形成鲜明对比。西丽亚从一开始就与自己悲惨的命运抗争，努力寻找"真实自我"与"人格尊严"；而妹妹耐蒂则不同，她先是在姐姐西丽亚的照顾与保护下成长，后又加入黑人传教士科林和塞缪尔的传教队伍，与他们共同生活。她从童年开始就形成了"虚假自我"，并在周围环境与教育的影响下强化与巩固了它。

"虚假自我"产生于客体关系第一阶段，即婴儿能区分"我"与"非我"之前。不称职的母亲把自己的形象投射给孩子，而不是把孩子自己的形象映照出来。这样，孩子就只能感知世界而不能凭借自己已有的经验同化、吸收与阐释新获得的信息。婴儿总是与母亲的需要一致。长此以往，婴儿就开始发展自己人格中虚假的一面，即属于母亲的一面。形成"虚假自我"的成年人总是借此隐藏与遮盖"真实自我"。"虚假自我"总是与环境的要求相一致。具有"虚假自我"的人总是彬彬有礼，一言一行完全符合社会环境的要求与规范，从不显露自己的心迹；具有"虚假自我"的人不可能过一种真正属于自己的、有意义的生活。

西丽亚与妹妹耐蒂出生的家庭状况及个性发展历程迥然不同。西丽亚两岁以前完全生活在一个温暖、充满爱的家庭里，受到父母无微不至的关怀。而耐蒂则不同，从降生之日起，从肉体到情感都遭到残酷的剥夺。父亲已不在人间，母亲精神失常。尽管姐姐西丽亚可能给了她一点点爱，但她毕竟也是个孩子，不能像一个"好母亲"那样照料妹妹。在这种情况下，小耐蒂为了生存很快学会了适应环境、向环境妥协，逐渐形成"虚假自我"。耐蒂接受了姐姐的忠告，努力读书以避免姐姐那样的悲惨命运。后来，塞缪尔与科林邀请耐蒂加入去非洲传教的行列，她欣然允诺了，条件是"他们必须把他们知道的一切教给我，使我成为一个有用的传教士，一个他们可以称之为朋友而不为其感到羞耻的人。他们答应接受这个条件，于是我开始接受真正的教育"。美国当代著名黑人女作家格洛丽亚·内勒对美国的教育也持否定态度。内勒在其杰作《林登山》里，把美国黑人为了在白人圈子里获得成功所付出的代价看作类似于基督徒的堕落,认为引导他们跌入堕落深渊的则是美国教育。在《紫颜色》里,耐蒂的真正教育是她"虚假自我"发展成熟的最后一步。同时,耐蒂的"虚假自我"也是从灾难性童年生活中为了求生不断与外部世界妥协的结果。耐蒂虽然拥有一切世俗的东西,但是她最缺乏的恰恰是"真实的生活"。她的"改善了的生活"不过是一种异化了的、失落了真实自我的生活。她与生活在林登山中的黑人中产阶级并没有什么不同。而姐姐西丽亚则是在经历了丧父和遭受乱伦之害、情感与肉体的蹂躏之后,最终由于"女性联系"与"好母亲"的照料形成了"真实自我",过上一种"真实的生活"。所以,西丽亚既能为生活中不可避免的失去而悲痛欲绝,又能在痛哭流涕之后继续她的真实生活。姐妹俩所走过的人生历程截然不同,由此形成的人格也就完全不同。

沃克把妹妹耐蒂的生活作为西丽亚的对立面来描写,寓意不言自明:西丽亚虽历经磨难、饱受摧残,但她最终成为一个自信自强的女人。在小说结尾处,丈夫送给她一只亲手雕刻的紫色的青蛙,象征着她有权追求幸福,也表明丈夫承认她的尊严。这是她凭借自己的奋斗挣得的尊严,不是任何人送给她的。权利与尊严只有经过自己努力与奋斗才能获得,才真正属于自己。如果是别人慈悲赐予的,那么这样的尊严与权利则会被随时夺走,因为它们本来就没有真正属于你。西丽亚在家里从她丈夫那里获得的尊严是真正属于她的,那是她赢得的,因此它是任何人也剥夺不了的。

本节借心理分析与发展心理学的理论简析了沃克的代表作《紫颜色》。通过描写"女性联系"在西丽亚形成"真实自我"与自我复归中的不可替代作用,沃克向我们展示了妇女摆脱苦难的必由之路,甚至包括整个黑人族群摆脱苦难的道路。黑人族群若要享受获得的自由,首先必须拥有"真实自我",过"真实生活";否则,失落了"真实自我"的人就会像茫茫大海上的一叶扁舟,随风飘荡,任意东西,不知所往,只能过一种异化的、虚幻的生活。获得"真实自我"的黑人族群才能正视自己苦难的生活与悲惨的历史,而有正视苦难生活的勇气便会产生改变现状的冲动与动力。由此可见,"真实自我"的获得是一个至关重要的问题,它既是黑人妇女彻底摆脱苦难的前提,又是黑人族群乃至整个人类把握现实与创造未来的关键。西丽亚的自我复归乃是她彻底摆脱苦难、创造美好未来的开端。她的"自我复归"之路代表着黑人民族未来的努力方向。

第五节　格洛丽亚·内勒《林登山》与但丁《神曲·地狱篇》对比研究

一、现代"地狱"——"林登山"

20世纪以来，美国黑人文学发展迅速，七八十年代达到空前的繁荣。托尼·莫里森、艾丽斯·沃克、格洛丽亚·内勒等杰出的黑人女作家已超出前辈作家从简单的社会关系与黑人悲惨的经济处境方面描写黑人的初级阶段。她们更多地关注与思考在异质文化侵蚀下怎样维护黑人文化本位的完整性；在有形枷锁打碎之后黑人如何保持种族的特性，进而实现自我的价值；在不同文化的历史冲撞所形成的废墟之上重建黑人的新文化。

格洛丽亚·内勒在她著名的寓言性小说《林登山》里从一个独特的视角探索了保持黑人族群特性与抵御异质文化侵蚀的重要性。当今美国社会有许多黑人为了在经济上或在白人圈子里获得成功，不惜放弃自己的文化，割断与"先辈"的联系。小说《林登山》里的居民便是这样的典型代表，他们在"一意孤行"地"向上爬"的过程中，忘记了"先辈"与"自我"，逐渐沦落为无根的一群，为此付出了沉重的代价。

莫里森指出："我们如果不与祖先保持联系，我们便失去了自我。"黑人的过去是他们无法割断的纽带，不仅如此，还是黑人文化精髓的宝库。只有回归过去，保持黑人族性，才能找到黑人灵魂的归宿，才能在与异质文化的冲突中站稳脚跟、保持自我的族性。内勒认为黑人为了在白人圈子里获得成功所付出的代价不亚于基督徒为追求世俗的荣耀而丧失自己灵魂的代价。内勒借但丁"地狱"之框架构筑自己的"林登山"。下面拟对比《林登山》与《地狱篇》的宏观构思，探讨内勒小说的深刻意蕴，并结合著名美国黑人剧作家彼得逊与汉斯贝里的作品，说明内勒小说《林登山》在美国黑人文学发展史上的重要意义。

在《神曲·地狱篇》里，但丁构想地狱是在北半球的圣城耶路撒冷下面，它是一个硕大无朋的深渊，从地面通往地心，形状上宽下窄呈漏斗形。走进地狱大门后，首先映入眼帘的是一片昏暗的平原，这是地狱的走廊或者外围地带。醉生梦死、无所作为地度过一生的懒汉、懦夫和在卢奇菲罗背叛上帝时保持中立的天使，都在这里受惩罚。真正的地狱是由这漏斗形的巨大深渊中紧贴漏斗内壁的一圈一圈的环形构成的。这些圆环由上而下一个比一个小，共有九个，即九层地狱。第一层是"林勃"，凡是不信基督教而立德、立功或立言的圣哲和英雄，以及未受洗礼而夭折的婴儿都在这一层。他们除了人类固有的"原罪"外，自己并没有犯罪，所以，不受任何酷刑惩罚，他们唯一的痛苦就在于渴望进入天堂而不能如愿以偿。真正受苦与受惩罚是从第二层开始的，地狱里的判官米诺斯审判亡灵后，根据罪行的类别与轻重，把亡灵遣送到适当的地狱层。无节制罪属轻罪，所以但丁把犯纵欲（邪淫）、贪食（大吃大喝）、贪财（吝啬）和浪费、愤怒等罪的亡灵分别遭送到第二、三、四、五层地狱里。以上五层地狱位于狄斯城外。第六、七、八、九层在狄斯城内，是惩罚重罪者的深层地狱。第六层关押的主要是制造传播和信仰异端邪说者；第七层关押的是暴力犯罪者；第八层关押的是犯欺诈罪，因为欺诈是用智力使他人受害，罪行比暴力犯罪更为严重；第九层关押的是那些欺骗朋友的人。

内勒模仿但丁《神曲·地狱篇》的结构，创造了自己的现代"地狱"——"林登山"。与地狱相反，林登山下宽上窄，象征着倒置的漏斗形地狱。林登山居民的命运与但丁地狱里亡灵的命运相反，命运愈悲惨，愈是居住在山的上层。林登山共分八层。一至五层与但丁地狱的一至五层基本对应，居住在这五层的黑人一般不是在经济上或在白人圈子里最成功者。最上面三层的居民是经济上最富裕的黑人中产阶级，他们为此付出的代价亦最高、失去亦最多。

《神曲·地狱篇》以诗人但丁神游地狱为线索，描绘了地狱各层中受惩罚的亡灵的境况；《林登山》则以黑人青年诗人威利梅森游历林登山为线索，描绘林登山各层中黑人的处境。

诗人威利在温拿初级中学校门口遇见他的朋友莱斯特·蒂尔森，这是威利游历的开端。但丁在罗马大诗人弗吉尔引导下神游地狱，威利的诗人朋友莱斯特担任他的向导。威利开始时正处在但丁式幽暗的森林里。温拿初级中学校门口的铜匾上镌刻着九行模仿地狱入口处的诗句：

  由我走出愁苦之城，
  由我进入富裕的人群，
  由我走出永劫之苦。
  神圣的正义推动了我的造物主，
  神圣的力量、本原的爱、最高的智慧哺育了我。
  在我以前只有时间无法磨损的元素创生，
  我屹立在永恒的时间里，
  进来的人们，
  必须把一切无知抛开！

但丁《神曲·地狱篇》里的诗句是：

  由我进入愁苦之城，
  由我进入永劫之苦，
  由我进入万劫不复的人群中。
  正义推动了崇高的造物主，
  神圣的力量、最高的智慧、本原的爱创造了我。
  在我以前未有造物，
  除了永久存在的以外，
  而我也将永世长存。

进来的人们,你们必须把一切希望抛开!

威利认为美国的正规教育使人堕落,所以,他读了八年书后不再继续深造。他做起现代游吟诗人,靠背诵自己创造的诗歌谋生。诗人莱斯特在中学毕业后,也拒绝上大学,醉心于诗歌创作。内勒暗示:美国正规教育对黑人绝不是传授历史文化知识的场所,而是引导他们坠入精神堕落深渊的大门。在这样的学校里,黑人只有逐渐放弃自己的文化,忘却自己的历史西化为美国人,才能获得进入白人社会的资格,进而获得经济上的成功。莫里森在她的小说中对美国的正规教育也进行了猛烈抨击。她也认为,美国的正规教育对黑人是灾难性的,因为接受了白人文化价值观的黑人必然抛弃自己的文化传统。《秀拉》里的主人公秀拉在接受了正规的美国教育之后便与自己的同胞疏远了;而《黑婴》里的贾丹则完全变成了一个"白人姑娘",一言一行都符合白人的文化价值规范与行为准则。内勒意味深长地把温拿初级中学校大门描写为进入"林登山"的入口,并在入口处刻上九行模仿地狱入口处的诗句,这便是黑人地狱之门和堕落之门——美国的正规教育。

威利步入大门,沿林登山往上攀登,亲眼看见了林登山各层居民的境况。

林登山第一层对应但丁地狱第一层。莱斯特的姐姐罗克珊与母亲生活在这一层。父亲早逝,母亲含辛茹苦养活全家。姐姐是个伪君子,表面上宣称支持黑人民权运动,实际上是在寻找有钱的丈夫,希望过上舒适、安逸的生活。莱斯特认为自己比她们更有道德,所以拒绝上大学,仅以诵诗、打零工谋生。蒂尔森一家也生活在这一层,他们患得患失,从未做过明确的选择。唯有蒂尔森奶奶与众不同,她保持着强烈的自我意识。她常常警告儿孙与邻人千万不能失去心灵之镜,忘却自己"真正的需要与信仰"——黑人的文化与传统。但是她的警告不过是"旷野的呼喊",无人理睬。林登山第一层的居民为生活所迫,靠辛勤劳动支撑家庭,忘却了黑人的文化传统,也有的人在白人文化观念的侵蚀下,淡化了自我意识,随波逐流,只追求经济利益和世俗的荣耀。

林登山的第二层相当于但丁流放纵欲者的那一层。在这一层生活着一对恋人威斯顿和大卫,他们相亲相爱,情深意切。内勒塑造的这对情人对应的是但丁笔下的纵欲者保罗和法郎塞斯加。《神曲·地狱篇》里的那对情人由于读了亚瑟王传奇故事沉湎于情爱之中不能自拔,但丁罚他们永远拥抱在一起,随永不止息的旋风旋转。在内勒的小说里,大卫则朗诵惠特曼的诗句,向他表明:如果他俩继续发展关系,爱情之花就会枯萎。小说对这对现代情人的惩罚是终生分离、不得团聚。大卫在第二层受苦,因为她爱上一个配不上自己的男人;威斯顿被罚与背叛者为伍,因为他背叛了自己的情人。林登山第二层的情节看似游离了小说的主题,其实不然,在强大的美国主流文化冲击下,许多黑人男女逐渐异化,在婚姻和恋爱等问题上完全抛弃了传统的价值观。内勒借恋爱问题反映西方文化对黑人灵魂的腐蚀与毒害。

林登山的第三层居住着一些雄心勃勃想往上爬的黑人,如格扎维埃·唐奈和马克斯韦尔·斯密斯。地狱第三层流放贪食者,内勒笔下的贪食者所追求的是经济地位和世俗的成就。他们为此甘愿舍弃一切,甚至不惜抛弃自己的种族特点与文化。

在林登山第四层里,切斯特·帕克和他的朋友们也是这样的"贪食者"。他的妻子莉桑还未安葬,家里已是食客满座,贪婪者如云。在安葬妻子之前,帕克早已吩咐用人粉刷卧室,更换墙纸,准备迎娶新人。切斯特·帕克不仅贪婪,而且毫无真情。

林登山第五层是米歇尔·T.霍利斯牧师的住宅,他既是牧师,又是本地区不动产公司的总裁。牧师总要在别人的葬礼上发表一篇祭文,为死者祈祷。在私生活方面,他一点儿也不像个牧师。多少年来,他放浪形骸,聚敛财富,逐渐在感情上与他人隔绝。他虽占有一大群漂亮女人,但他们之间并没有任何感情。他甚至与深层的自我都疏远了。

林登山前五层对应地狱前五层,它是流放轻犯之所。地狱前五层的亡灵都犯了无节制罪,林登山前五层的居民有的陷入错误的选择,有的根本没有做出明确的选择,毫无希望地苟活着。他们毫无个人意识和种族意识。

两根砖柱子标志着图玻洛地区的入口处,这是通往林登山最后三层的大门。威利在这三层里看到了马克斯韦尔·斯密斯、劳雷尔·迪蒙,还有丹尼尔·布雷思韦特和尼迪德一家。斯密斯和迪蒙一意孤行往上爬。贪婪的斯密斯所看重的是白人世界的物质享受与社会地位。由于他所受的教育与努力,他终于在白人世界获得了其他黑人从未得到过的职位,但是,他为此付出了高昂的代价:他湮灭了自己的种族特性。为了"洗掉黑色",他采取了一系列措施。首先他把自己的名字拼写成 Smyth,而不是 Smith。其次,他控制饮食,避免性关系。他湮灭了他所有的天性和种族特性,最后终于"成功"了。

劳雷尔·迪蒙也爬上了与斯密斯相当的地位,她的名字(Laurel 意为"桂冠""荣誉"和"胜利")暗示了她的成功。从纯经济的角度看,她的一生是成功的。斯密斯为了成功掩盖了他自己的种族特性,压抑和泯灭了自己的自然冲动和要求。劳雷尔则有所不同,她一方面开发、培育自己的天赋,另一方面则折磨、压抑自己的情感。劳雷尔在童年就失去了母爱。父亲再婚后,她与继母格格不入。于是,她被送到佐治亚州的乡下由奶奶抚养,奶奶曾给她讲述了许多动人的童话故事,她从中受到了智慧的启迪。后来,她全身心投入游泳训练中,学技巧,练耐力,目的是获大奖。她曾置身于"幽静的峡谷里","把自己与世界隔绝开来,她的心灵被一些琐碎之事缠绕着"。这一时期,她的智力发展了,但情感由于受到压抑而始终处于饥饿状态。她毕业后,在 IBM 公司当上了高级职员,并与一位前途无量的男子结了婚。婚后,由于劳雷尔在情感上始终与丈夫保持一定距离,他们的生活并不幸福。劳雷尔无疑是个成功的黑人职业女性,但是,为了成功,她肢解了自己的精神,把自己变成了一个感情冷漠的人。当丈夫决定与她离婚时,她面对的不仅是空虚的生活,而且是空虚的自我。她与自己深层的自我早已疏远了。在与路德·尼迪德的接触过程中,她逐渐意识到:她缺乏内在的本质,只有一个令人可怕的空躯壳。最后,在她觉得空虚之极时,便从高台上向没有水的游泳池跳下去,自杀身亡。劳雷尔的异化完全是她所受的教育造成的,因为教育使她雄心勃勃往上爬,丧失了仁爱之心,忘却了自己乃至整个黑人族群的特性。在多元文化的美国社会,她不知道自己属于哪一个文化。她终于成了一株无根的浮萍,随风飘荡,任意东西。内勒将劳雷尔描写成一具没有脸的尸体,意味深长,这象征着她空虚苍白、毫无个性与族性的精神世界。

丹尼尔·布雷思韦特获得博士学位后一直生活在这一层，长达三十年之久。他对林登山了如指掌，撰写了十二卷当地历史著作。他写作的目的仅仅是获得诺贝尔奖奖金。布雷思韦特抛弃了无知，进入了学术的大门，但他获得的却是异化的生活。他不是先知，不能引导别人。他妻子死后，他家无异于荒凉的坟墓。他把周围发生的一切琐碎腐朽之事都记录在案。他记录这些事仅仅是为了获得荣誉，并非为了鞭策同胞。地狱第八层的罪人尤利西斯圭多·达·蒙泰菲尔特罗诱导别人误入歧途，而布雷思韦特则拒绝引导别人。他完全推卸了自己作为一个历史学家的责任。

在林登山最上面三层里生活着经济上最富裕的黑人中产阶级成员，他们属于但丁所惩罚的重罪者，内勒认为他们失去的最多、付出的代价最高。在威利富有象征意义的噩梦里，内勒表达了她对黑人族群未来的担忧。威利梦见大钟上的指针变成了无数条蛇和蜘蛛，一双双人手从棺材里伸了出来，手里捧着许多礼物，他自己变成了一个无脸的人。如果任其异化于"西化"，黑人作为一个族群则将成为没有脸的一群，即没有自己鲜明的种族特性与文化的根的一群。

诚然，林登山的居民，尤其是最上面三层里的居民，已"走出愁苦之城"（经济上的贫穷），"进入富裕的人群"（跨入了中产阶级的行列），但是代价则是"把一切无知抛开"（受到良好的美国式教育），抛弃了本民族的优秀文化传统与道德价值观。"无脸的人"将是异化后的黑人族群未来的群体形象。

在20世纪50年代，美国著名黑人剧作家彼得逊在他的《跨出一大步》（1953）和另一杰出女剧作家汉斯贝里在她的《阳光下的干葡萄》（1959）里探讨了黑人在美国社会的地位问题及如何在融入主流的同时又保持黑人族群的文化特征。《阳光下的干葡萄》中的沃尔特一家为实现进入白人社区的梦想经历了艰辛的努力，付出了沉重的代价，终于成功了。在白人种族主义的软硬兼施面前保持了自己民族与个人的尊严，始终把选择权牢牢握在自己手中。但是，进入白人社区后又会怎么样？白人能接受他们吗？《跨出一大步》则从这个起点上把作者的思考向纵深又推进了一步。从经济角度看，主人公斯宾塞已完全是个中产阶级，能与白人孩子平起平坐，一起上学，一起学音乐，等等。他的多数白人同学对他也是彬彬有礼。但是，一次参加舞会时，竟没有一个人来找他，这无形的拒绝和潜意识的不接受深深地伤害了他的自尊心与自信心。面对这个怀有偏见的白人世界，斯宾塞终于明白他们之间有一道不可逾越的鸿沟。于是他采取了主动，他先将自己的棒球、集邮册等心爱之物都送给了白人同学，最后在母亲为自己举办的冰激凌聚会上宣布："我把大伙请来，为的是向你们告别。我不会有时间来玩，请各位帮忙，都别理我，让我一个人干自己的事。"斯宾塞后来解释说："我不过是赶在他们对我说这句话之前，自己先对他们说了。"由此可见，种族歧视与种族隔离既是政治性的（例如美国的奴隶制与南非的种族隔离制度），又是意识形态与观念性的（例如人们根深蒂固的偏见等）。政治体制的问题可以通过黑人的斗争最终加以废除，但是思想意识方面的偏见很难在短时期内消除。

彼得逊与汉斯贝里这些深刻思考代表了20世纪50年代黑人族群整体意识所达到的高度。进入80年代，杰出的黑人女作家内勒在前辈黑人作家探索的基础上又进行了深刻的开掘。斯宾塞退出与白人同学的交往之后又会怎样？怎样处理少数族群文化与美国主流文化的关系？显然，以内勒为代表的80年代的优秀黑人作家认为，保持黑人的文化传统是他们立于不败之地的力量源泉，抛弃自己的文化传统则是犯罪，将会受到地狱重罪犯式的惩罚。

但是，种族关系究竟应如何处理？不同形态的文化怎样才能在保持各自的特色与独立性的前提下积极吸收其他文化的精华呢？内勒的小说给了我们一个开放性结局，其他黑人作家还会不断探索下去。作者在谋篇布局上匠心独运，这在美国小说中独树一帜，倒漏斗形的林登山表现了丰富深刻的内涵与作者独特的见解，这在黑人小说史上及整个美国文学史上都有里程碑意义。

二、《林登山》与现代人的异化问题

（一）"异化"一词含义溯源以及词义演变

"异化"一词的法文是"aliéner"（动词）和"aliénation"（名词），本义是"转让""出卖"。法国哲学家卢梭在《社会契约论》中最早在政治意义上使用"aliéner"一词。泛化"异化"一词含义的则是德国三大古典哲学家：主观唯心主义费希特、客观唯心主义黑格尔和机械唯物论费尔巴哈。费希特把自然界和人类历史都看作是"纯粹自我"的创造，甚至连整个大千世界都是"自我—非我"的一个异化过程；黑格尔则认为异化不仅是精神理念的表现形式，而且也是自然界和人类社会发展的最初推动力；费尔巴哈则认为上帝不过是人的本质（自然本性）的异化，因为正是人把自己的力量，即思维、意志、情感的力量赋予了上帝，在人把自己自然本性交予上帝之时，人也就丧失了人性，人也就异化了。

马克思在继承费希特、黑格尔和费尔巴哈异化论的基础上对异化理论进行了全新的改造，赋予了异化以全新的含义。马克思异化理论的精髓是指劳动异化，指劳动所生产的对象，即劳动的产品，作为不依赖于生产者的力量，同劳动相对立。其中"劳动的产品"不仅是指有形的物质产品，还可以指精神生产和社会制度等由人所创造出来的无形但却对人类起操纵作用的产品。所以马克思的"异化"指的是一种特定的关系，即建立在人及其活动产物之间的一种关系。在这种关系中，人的劳动的产物，不以人的意志为转移地变成了与人自身相异的东西。

在马克思之后，现代西方马克思主义者针对资本主义社会的种种弊端提出并丰富了异化理论，其中卢卡奇在《历史与阶级意识》一文中，进一步展开了对劳动异化的分析，从物化概念引申出异化概念。他指出，人自己的活动，人自己的劳动，作为某种客观的东西，某种不依赖于人的东西，某种通过异于人的自律来控制人的东西，同人相对立。

（二）现代人的异化问题

现代人的异化不仅是一个重大的文学和哲学课题，而且是一个严重的现代社会问题。关于人的异化问题，用马克思的话来讲，就是劳动者把自己外化在他的产品中，这不仅意味着他的劳动成为对象，成为外部的存在，而且还意味着他的劳动作为一种异己的东西不依赖于他而在他之外存在着，并成为与他相对立的独立量；意味着他灌注到对象中去的生命作为敌对的和自己的力量同他相对抗（《1844年经济学哲学手稿》）。也就是说人的劳动产品变成了人的对立物，主宰和奴役人，因而背离了原本为人服务的宗旨或目的。

在《神圣家族》中，马克思和恩格斯又区分了两种不同的异化：有产阶级和无产阶级同是人的自我异化。有产阶级在这种异化中感到自己是被满足的和被巩固的，它把这种异化看作自身强大的证明，并在这种异化中获得人的生存的外观。而无产阶级在这种异化中则感到自己是被毁灭，并在其中看到自己的无力和非人的生存的现实（《马克思恩格斯论人性、人道主义和异化》）。今天，我们在欣赏美国文学《林登山》时就能真切地感受到这第二种异化，即美国黑人的异化问题。遥想当年，林肯总统在南北战争期间发布了划时代的《解放宣言》，所有美国黑人成了法律意义上的自由人。从此，这些先前的奴隶们可以挺起腰板做人了，尽管刚自由的他们在经济上的处境较以前更惨。此后，他们经过了一个漫长的由"边缘化"地位向主流文化"靠拢"和"攀附"的过程。在此过程中，一部分黑人的经济地位得到了提高，甚至是翻天覆地的提高，可是他们却在此过程中逐渐"失落了"自我，"忘却了"自己的文化，沦落成了"无根"的一群，《林登山》展示的正是这样的情景。这就是美国黑人在强大的白人主流文化面前的异化，这是一种别无选择的选择。20世纪优秀的黑人作家对此进行反思和反省，他们认为其实我们所有人都不同程度地存在异化的问题和如何摆脱异化、追求一种真实的属于自己的生活的问题。现代人在令人眼花缭乱的物质世界面前，往往会把手段当作目的本身，本末倒置，陷入虚假生活的泥沼不能自拔。"异化"问题应是大学生们认真思考的问题：人海茫茫，何处寻觅我们精神栖息的港湾？物欲横流，如何才能保住一个真实的"我"？

第六节　英美文学的语言学研究之一：语篇分析与文学研究

传统的语言结构研究通常是研究单个的、孤立的句子。传统语法、结构语法和转换生成语法对语言的研究都局限在句子本身（包括句子的各个组成部分），从不分析和研究句子和句子或句子与整个语篇的关系。此类语言结构研究虽有它自身的意义，但它的局限性是显而易见的，它实际上是一种"只见树木不见森林"的研究。

如果不把句子放在与其他句子或整个语篇的关系的背景中去考察，就句子研究句子，那么，句子的研究也不会深入，它真正意义也无法确定。因为句子在不同的语篇和语境中有不同的表意作用和交际功能。离开了语言的使用场合，离开了特定的语言环境，就很难确定语言单位的交际功能，语言单位也无法充分起到交际的作用。笔者将就语篇分析的意义、内容及对文学语篇的理解与欣赏所具有的启示作一番研究。

近几年，我国外语界的专家们愈来愈认识到，语言的研究应超越句子的范围，进入语篇的研究。在国外，早在 20 世纪 30 年代，英美就有人进行语篇分析研究，但语篇研究作为一门独立的学科则是最近几年才发展起来的。从传统的重视单个孤立的句子的语法学研究到强调句子与句子、句子与语篇的关系的语篇研究，即篇章语言学，这不仅有助于文学欣赏与研究的深入，而且是语言研究领域的一次重要飞跃。

一、语篇分析的意义

语篇是指一系列连续的话段或句子构成的语言整体。它显著的特征是合乎语法，并且语义连贯，包括与外界在语义上和语用上的连贯，也包括语篇内部在语言上的连贯。语篇分析是以语篇为基本单位，围绕语篇的基本内容进行微观结构分析（包括词汇、语法等）和宏观结构分析（包括人物性格、故事情节、中心思想、写作技巧等）。

德国语言学家魏因里希指出："任何语言学研究都应该以篇章为描写框架，离开了篇章语言学就无所谓语言学了。"篇章语言学与篇章分析之所以如此重要，原因在于：离开篇章，孤立地研究和理解词与句就很难确切把握词与句子的含义，甚至会出现理解偏差。

要是不应相识何必相逢。
昨天的仇敌，今日的情人，
这场恋爱怕要种下祸根。

这是莎士比亚《罗密欧与朱丽叶》一剧中朱丽叶的一段独白，独白中"prodigious"一词是个多义词：① of great size/enormous/huge 巨大的；② portentous 预兆不详的。该词又是个关键词。如果不对全剧进行语篇分析，孤立地理解该词，不仅无法确定它的含义，而且会误解词义。如曹未风的译本就把该词误译成"在我心里萌生的爱恋真是无法衡量"，他把"prodigious"理解为"enormous"（巨大的）。其实，从语篇分析可知：朱丽叶在这里已预感到这场恋爱会导致灾难性后果，在这里的词义应是 portentous（预兆不详的）。朱生豪从语篇分析的角度准确地把握了全剧，从而确定了该词的确切含义。

但也有一些词句仅靠狭义的上下文，即它的前言后语，就可确定它的含义，如：

我向来不大想看到你，咱们两人之间大概什么时候都不曾有过好感。

……当然啰，我们有时也不免争论几句，但是我们还是相亲相爱。

以上两个例句中都有"there is no love lost between us"。孤立地看这个句子，我们可以得出截然不同的两种含义：①"我们之间毫无感情"；②"我们依然相亲相爱"。该句出现的具体上下文可使读者排除歧义，确定它的具体含义。但是，更多的词义与句意是无法通过它们所出现的狭义上下文来确定的，只有通过语篇分析才能确定。同样是上面那句"there is no love lost between us"，当它出现在美国小说《嘉莉妹妹》里，仅靠具体上下文无法确定它的含义，只有通过语篇分析，方知小说里写的酒店经理 Hurstwood 和他的妻子那种貌合神离的关系，作者在那一章里对这种关系作了交代，从全篇可知，该句含义是"他们之间毫无爱情可言"。由此可见，语篇分析可使读者准确把握词与句的准确含义。

二、语篇分析的内容

语篇分析是从语篇的整体出发，对语篇进行理解和分析，它包括微观分析与宏观分析。

（一）微观分析

微观分析是指识别词义、句法结构及句与句之间的关系。它不同于传统的逐词逐句分析法。微观分析主要是寻找语篇中的衔接关系。它是语篇的表层结构，也是"语篇的有形网络"。连贯则是语篇的深层结构，是语篇的无形网络。语篇的衔接是通过语法手段和词汇手段而实现的。

（1）语法手段。

①时间关联成分（表示时间的词）。

②地点关联成分（表示地点、方位的词）。

③照应：指用代词等语法手段表示句子内或句与句之间在语义上的关系。

④替代：有时为了避免重复，用替代形式替换上文所出现的词语。

⑤省略。

（2）词汇手段。

①复现关系：复现指某一词以原词、同义词、近义词、上义词、下义词、概括词等形式重复出现在语篇中，语篇中的句子通过这种复现关系达到相互衔接。

②同现关系：同现指词汇共同出现的倾向性。在语篇中，由于话题所限，一定的词往往会同时出现，而其他一些词就不大可能出现或根本不会出现。

当一个词语套的词语出现在一个语篇中时，这些词语就能衔接句子，起连句成篇的作用。

总之，微观分析就是要借助于语法和词汇的手段寻找词与词、词与句、句与句、句与语篇的"有形网络"，发现它们之间的有机联系，为宏观分析打好基础。

（二）宏观分析

用语法手段和词汇手段对语篇进行了微观分析之后，还需进行宏观分析。语篇的宏观分析可借助一些篇章分析模式，发现作者谋篇布局的超结构与意图，进一步理解文学语篇的深层含义。

荷兰语言学家梵·迪克曾提出篇章总结构的模式。该模式对把握语篇的宏观结构，深入理解篇章内容不无帮助。

根据梵·迪克树形图试分析英国小说家贝茨的短篇小说《狗与莫伦西先生》。小说写的是一个有关茶叶商人莫伦西先生的故事。他潜意识里对自己感到不自信，所以劝说妻子养只大狗，借口是保护妻子，但妻子执意不肯，宁愿养只小狐狸狗作为宠物，他只好勉强同意。狗买回来后，妻子慢慢喜欢上了小狗，狗也喜欢上了它的女主人，遂使丈夫渐生妒意，甚至也恨上了妻子，于是就萌发了杀死小狗或妻子的念头。小说寓意：人都需借助某种客观事物认识真正的自我。莫伦西在狗的眼睛里看到了自己渺小的形象，遂使他深刻认识到，自己的处境并非小狗造成。

小说一开头就描写故事的关键情节——准备杀狗或妻子，继而叙写养狗的由来和莫伦西先生恨狗的原因这一外框，为后面准备杀狗做好铺垫。从莫伦西提出养狗—说服妻子—讨论买哪一种狗—勉强同意买小狐狸狗—妻子醉心于养狗—小狗喜欢它的女主人—莫伦西产生妒意—萌发杀狗念头—实施杀狗计划，故事层层推进，最后纠结解开，莫伦西突然从奄奄一息的小狗眼睛里看到了自己猥琐的形象，顿时认识了真正的自我。这一"预料之外、情理之中"的结局，给读者留下了深刻的印象，收到了良好的艺术效果，深化了小说的主题寓意。

拉波夫文本分析模式对文学文本的理解同样具有启迪意义。拉波夫认为完整的叙述故事应包括六个部分：①点题；②指向；③进展；④评议；⑤结束；⑥回应。叙述结构中的几个部分分别回答各自潜在的问题。下面借拉波夫模式试析该小说。

（1）点题：What was this about?《狗与莫伦西先生》开头一段点出故事，即夫妻二人与狗的故事。他们关系如何？作者设了一个悬念。

（2）指向：回答 Who, When, What, Where 等问题。当初（when）是莫伦西（who）提出要养狗（what），夫妇俩当时住在紫丁香花园街三号"莫伦西"别墅里（where）。

（3）进展：回答 then what happened? 狗买回来以后，夫妻关系渐渐起了变化，妻子喜欢狗，小狗也喜欢女主人，莫伦西渐生妒意。

（4）评议：评议可采用各种形式，或渗透于整个叙事结构中，或专门评议。开头一段叙述莫伦西先生准备杀死狗或妻子时，犹豫不决，这里的评议用来制造悬念，增强故事的感染力。莫伦西带狗散步时，看到别人的狗又高又大，而自己的狗又小又可怜，他顿时觉得自卑，被人瞧不起，而妻子却很喜欢它，这使他萌发了杀死它的念头。这里评议描写出了他的矛盾心理，使人物形象更加丰满。

（5）结束：莫伦西把狗带到海边，准备杀死它。

（6）回应：在叙事结构的结尾，往往有一两句话表示故事的结束，给人一个满意结果。小说最后一段既回应了小说的开头，又深化了主题寓意。莫伦西突然在小狗眼睛里看到了自己的形象，象征着他发现了真正的自我。作者把读者从故事中带了出来，这使人感到回味无穷。

以上借助两种语篇分析模式分析了贝茨短篇小说《狗与莫伦西先生》，可使人感到篇章语言学在深化文学阅读与欣赏中的巨大作用。随着篇章语言学研究的不断深入，其成果将愈来愈多被应用到文学文本的理解与欣赏中,文学的欣赏将会呈现出日益多元的景象。

第七节 英美文学的语言学研究之二:语用原则在文学创作中的应用

　　文学语言作为全民语言的重要组成部分有其自身的独特性。文学语言作为社会交际工具所表达的意义往往流于字面,可以凭借社会文化环境,按照逻辑推理的方法加以了解;但是属于艺术范畴的文学语言所表达的意义则可能藏于字里行间,蕴于语言深层。它与全民语言相通的一面很容易为人们所把握,但是它属于美学范畴的方面则不易为人们所领会。文学语言的独特性往往在于它"藏于字里行间"和"蕴于语言深层"的方面,这也恰恰是它的魅力所在。

　　一般而言,言语双方成功的交际是广义上的信息交际,交际值的实现是一个信息正确编码和释码的动态过程,是一个由意图到话语、由话语到意图的互逆动态过程。具体地说,发话人发话始于发话意图,将发话意图、语境意义融入一定的结构和词汇中表现为话语;受话人受话,则始于理解话语的词汇结构意义,破译其语境意义,领悟发话意图。这时受话人便接受了话语的综合信息,即了解了话语的全部意义,成为第二轮话语的发话人。这种交际双方间话语不断变化的交际过程,宛如接通电路之后,交流电交替改变方向,在电路里穿梭震荡的过程。小说里人物之间的对话也如生活中的情景一般完全是一个信息交替传输的动态过程,成功的交际有赖于交流的双方必须遵守语用学上的"合作原则"和"礼貌原则",而失败的交流或交流中断则是违背这些原则所造成的。小说中,经常出现交流中断,多是由发话人违背"合作原则",或是受话人误读信息所引起的。由此可见,这两个语用原则的遵守与违背在优秀小说家手里反而成了塑造人物、表现戏剧性冲突的文学手段。

一、从"合作原则"到"礼貌原则"的历史发展

　　语用学是研究在特定情景中的特定话语,或者说,研究话语在具体的语境中应如何理解和运用。关于语用学,不少语言学家给它下了定义,其中英国语言学家莱文森和利奇的定义最为经典和科学,"语用学所要研究的是语言使用者在特定的语境中运用合适的语句的能力","语用学可以有效地定义为对话语如何在情景中取得意义的研究"。语用学包含了一系列重要原则,其中"合作原则"和"礼貌原则"较为重要,对于文学研究与文学欣赏也最具有启发意义。

　　美国语言哲学家格赖斯在20世纪60年代就提出了著名的"合作原则",即谈话双方为了保证谈话的顺利进行必须遵守的基本原则。它包括四个范畴,每个范畴又包含若干项

准则：

（1）量的准则。

①所说的话应包括交谈目的所需要的信息；

②所说的话不应包含超出需要的信息。

（2）质的准则。

①不要说自知是虚假的话；

②不要说缺乏足够证据的话。

（3）关系准则。

（4）方式准则。

①避免晦涩；

②避免歧义；

③简练；

④井井有条。

以上是格赖斯提出的"合作原则"，但是在实际的语言交际过程中，人们发现违背"合作原则"是司空见惯的事。西方学者开始从修辞学、语体学等方面研究这些语言现象，从而得出了与"合作原则"相益补的"礼貌原则"。

英国著名语言学家利奇把"礼貌原则"概括为六条，每条包含一条准则和两条次则：

（1）得体准则：减少表达有损于他人的观点。

①尽量少让别人吃亏；

②尽量多使别人得意。

（2）慷慨准则：减少表达利己的观点。

①尽量少使自己得益；

②尽量少让别人吃亏。

（3）赞誉准则：减少表达对他人的贬损。

①尽量少贬低别人；

②尽量多赞誉别人。

（4）谦逊准则：减少对自己的表扬。

①尽量少赞誉自己；

②尽量多贬低自己。

（5）一致准则：减少自己与他人在观点上的不一致。

①尽量减少双方的分歧；

②尽量增加双方的一致。

（6）同情准则：减少自己与他人在感情上的对立。

①尽量减少双方的反感；

②尽量增加双方的同情。

利奇认为,"礼貌原则"解释了"合作原则"无法解释的一些问题,如人们在言语交际中为什么要故意违反"合作原则"中的准则,因而两者是互为益补的关系。

下面借助语用学的两个重要原则,即"合作原则"和"礼貌原则",对英美文学经典文本中的人物性格进行分析,探讨语用学原则在塑造人物、表现戏剧性冲突方面的重要作用。

二、"合作原则"与"礼貌原则"在英国小说中的违反语言原则

综观历代文学作品,我们发现这两个语用原则的违反恰恰是作家塑造人物形象、探索矛盾心理和表现戏剧性冲突的有效手段。下面以英国小说家哈代和毛姆的两部代表作《德伯家的苔丝》和《人性的枷锁》为例说明作家如何通过违反语用原则达到塑造人物、深化作品主题的目的。

在哈代小说《德伯家的苔丝》里,主人公苔丝与克莱的爱情悲剧除社会的原因外,便是由于苔丝不断违反"合作原则",造成克莱判断失误,而最终酿成苦果,遗恨终生。

苔丝失身后,到远离家乡的一个牛奶厂做工,克莱也在那里学做农活。克莱深深地被苔丝的美貌与纯洁所吸引,他赞叹道:"那个挤奶的女工,是多么鲜亮、多么纯洁的一个自然女儿!"

而后,对于克莱的不断求婚,苔丝总是拒绝。克莱第一次求婚时,苔丝回答说:"我不能做你的太太——我不能!"克莱追问她:"难道你不爱我吗?"她急切地回答:"爱,爱!我愿意做你的人,不愿做世界上任何别人的人,可是我不能嫁你!""那么你这是已经跟别人订过婚了?""没有,没有!"然后,她解释说:"我不想结婚!我一点结婚的意思都没有!我不能结婚!我只愿意爱你!""那为什么呢?"苔丝无言以对,只好说:"你父亲是做牧师的,你母亲也不会愿意你娶我这样一个儿媳妇啊。她一定要你娶一位小姐。"

苔丝的回答显然违反了"合作原则"中质的准则:在她使用"a lady"(一位小姐)时,她心里真正想表达的意思是"a pure woman"(一个纯洁的女人)。克莱根据合作原则,认为苔丝自感出身卑微,不配做自己的妻子,因为 lady 一词含义就是指出身高贵的妇女。苔丝违反"合作原则",并非有意欺诈别人,而是她内心矛盾冲突使然。

第二次,克莱为了打消苔丝对自己出身卑微的不自信,直截了当地说出自己想娶苔丝的动机:"我本来就是为的是我自己的方便,为的是我自己的幸福,才向你求婚。如果我将来能在英国或者殖民地上,经营一处大农庄,那我娶你做太太,就别提有多大的好处啦,一定比娶这一国里门第最高的小姐都好。"苔丝听后不知所措,她总想把自己的心病讲出来,但开口时,却又吞吞吐吐,遮遮掩掩。

"不过我以前的事儿——我要你知道我从前的事儿——你一定得让我告诉你,要是知道了那些事儿,你就不会像现在这样喜欢我了。"

"你既是非说不可,最亲爱的,那你就说吧。一定是一篇很珍贵的历史喽。一定是说,

我于纪元某年某月某日出生在——"

"我生在马勒村,就在马勒村长大的。我离开学校的时候,是第六级的学生,他们都说我很机灵,将来能当一个好教员,所以我也就打算好了,要当教员。不过我家里出了一些麻烦;我父亲不大爱劳动,又爱喝两杯酒。"

"……这都没什么新奇的呀。"

"后来我家里——我身上发生了一件出乎寻常的事件,我,我,我,我本来不姓德北,我本姓德伯,就和咱们刚才看见的那座古老宅第以前的主人是一家。现在我家可一个有起色的都没有了。"

"姓德伯,真的吗?糟心的事就是这个吗,亲爱的苔丝?"

"是",她有气无力地说。

"我知道了这件事,怎么就会不像以前一样地爱你呢?"

"我听见老板说过,你厌恶旧门第。"

苔丝又一次违反了"合作原则",这次她违背的则是量的准则:她本打算从家史一直讲到自己被诱奸的事,当她讲到自己姓"德伯",而不是"德北"时,她欲言又止,以至于没有把"所需的信息"全部讲出来。克莱又一次做出错误判断,认为所顾忌的则是他对旧门户的成见,所以他解释说:"我厌恶的是那种'血统高于一切'的贵族主张。我们敬重的,应该是精神方面的,应该是那些有知识、有道德的人,不必管他们的先代血统方面怎么样。"哈代说,苔丝本准备把真情说出,但到了最后一刻没了勇气。所以,苔丝"要自卫的本能,比她坦白的决心、力量更大"。从苔丝一次次违背"合作原则"的语言交流过程中,我们看到了她那充满矛盾和痛苦的内心世界;作者正是通过表现她内心深处的矛盾揭示她的性格特征、塑造她的艺术形象。苔丝总是犹豫彷徨,欲言又止,词不达意,始终没有说出她的秘密,而克莱则一直遵守"合作原则",根据苔丝提供的信息进行判断;在苔丝违反了量和质的准则之后,克莱仍无觉察,以致酿成后来的悲剧。在此,"合作原则"的遵守与违背恰好成了哈代表现人物内心矛盾冲突、塑造人物的重要手段。

英国小说家毛姆的《人性的枷锁》(又译《世网》)里主人公菲利普与女招待米尔德里德的感情纠葛是贯穿全书的主线,菲利普对米尔德里德强烈的爱则是菲利普人生道路上最难打碎的情感枷锁。毛姆利用"合作原则"与"礼貌原则"的遵守与违背来表现小说人物间以及人物内心的戏剧性冲突。

菲利普对米尔德里德爱得神魂颠倒,而她对菲利普则无所谓。

米尔德里德只有在接受菲利普的礼物时表现出一些柔情,但这足以使菲利普心满意足,兴高采烈。菲利普全身心地爱她,她则把这当作一种方便。所以两人之间有无数次冲突,继而和好,最后彻底决裂。整个过程让人感到撕心裂肺,尤其菲利普让人不得不为他抛洒同情的泪水,他们最激烈的一次争吵发生在她告诉菲利普有个男人请她看戏:

"你不会去吧?"他问道。

"为什么不去呢?他是个很有教养的人。"

"我带你出去，你喜欢到哪儿都行。"

"这是两码事，我不能老是跟你一个人呀，况且，他已让我自己定个日子当我不跟你出去时，我只跟他出去一个晚上。这对你毫无影响。"

"假如你懂得点面子，稍有感激之心，就决不会去的。"

"我不知道你说的'感激'，是什么意思。假如你指的是给我的那些东西，你可以拿回去，谁稀罕。"

"好吧，假如你是这么想，我真不知道你为什么要屈尊跟我出去。"

"这不是我要的，你最清楚，是你要我出去。"这句话强烈地伤了菲利普的自尊心，他气愤地回答："你以为我只配在没有人邀你时请你吃饭、看戏，而一旦来了个什么人我就得见鬼去吗？多谢你了，我被人利用够了。"

菲利普对米尔德里德一向顺从，曲意逢迎，只是当他的自尊心受到严重伤害，忍无可忍之时才违背"礼貌原则"，说出这番话。在他违背"礼貌原则"时，我们发现他却遵守了"合作原则"，说出了心里话。但是，他很快又追悔莫及，去找米尔德里德，请求她的宽恕，原因是他在感情上怎么也离不开米尔德里德，如此反复，经过了若干个回合，最后他才在情感上逐渐成熟起来，超越了自我，变得不那么依赖米尔德里德，走出她的阴影。

"我太对不起你，你能原谅我吗？"

"不，我讨厌你的脾气和嫉妒心。我不喜欢你，从来就没喜欢过你，永远也不会喜欢你。我再也不想跟你来往了。"

"太残酷了，我真受不了。你不知道一个跛脚的人心里是什么滋味。当然你不喜欢我，我不能期望你喜欢我。"

"菲利普。我不是这个意思，你知道不是这么回事。""菲利普，你知道我很喜欢你，只是你有时候太令人难堪了。让我们和好吧。"

当菲利普请求米尔德里德原谅时，她违反"礼貌原则"，说出了如此绝情的话，其实，这正是她的心里话，她从内心瞧不起菲利普。但是，她从切身利益考虑，又遵守了"礼貌原则"，与菲利普和好。因为她在经济上依赖菲利普。毛姆抓住了这对情人之间的相互依存关系，借用"合作原则"和"礼貌原则"的不断违反与遵守表现戏剧冲突。菲利普先天残疾，童年丧失双亲，在感情上深深地依赖米尔德里德，这种炽热的爱又使他变得充满嫉妒与怨恨。他在看到米尔德里德与别人约会时，妒火中烧，说出了自己的心里话，但旋即又后悔，请求原谅，陷入感情的泥沼不能自拔。米尔德里德肤浅平庸，社会地位低下，却很爱虚荣。她对菲利普并无任何真情，就因为菲利普能在物质方面满足她的虚荣心，所以她姑且维持这种无爱的关系。在两人的交往过程中，两个语用原则的遵守与违反交替更迭、不断循环。毛姆利用这一手段表现了这对情人相互依存又互不满意的矛盾关系与戏剧性冲突，深刻揭示了人物性格特征与矛盾心理。

语用含义是语用学的重要内容之一，它是根据语境研究话语的真正含义，即所谓"言外之意""弦外之音"。文学语言的深层含义往往不能从语言的内部研究获得,只有从语言的外部研究来把握。由此可见,语用学是语言学用来研究分析文学语言特征的一个有力武器。作家在创作实践中,未必是按照语用理论进行写作,但是他们的作品的确可以成为语用原则的最好注脚,同时,语用学可为我们解读文学、深化文学理解、捕捉语言的"弦外之音"提供有力工具与有效手段。

尽管语言系统是有限的,但是在语言中人们所可能说的话则是无限的,一个单句都是如此,更不用说比较长的话语。对语言系统理解越深,就越能感受到它的无限性以及可能的选择与不同选择结合的表达方式,也就越能欣赏艺术家的天才所在,即他在进行选择、综合各种选择、创造富有意味和满足人们想象的结构之时所表露出的艺术才华,这些结构表达了我们人类最基本的关注。借助语言学理论分析文学作品的风格与文学语言是最为传统的"应用"语言学理论研究文学语篇的方式。自从现代语言学理论产生以来,文学的语言学研究成了最为活跃、最有创意的文学研究领域之一。当然,许多人会争辩说,语言学的知识对于文学研究并不是至关重要的和必不可少的,文学批评家不一定为了文学研究必须了解语言学知识。长期以来,文学研究的确不是在严格的语言学理论指导下进行的,但是,语言学对于人们理解和欣赏文学语篇颇具启迪意义,这是不争的事实:语言学可以理性地帮助人们解释在文学语篇中所感受到的美感,并把人们在文学语篇欣赏中的感悟通过恰当的术语和方法编制到一个理论框架之中,从而产生普遍意义;语言学给人们欣赏文学提供不同的视角,从而使人们对文学语篇中的基本材料做出连贯一致的、合乎逻辑的分析。尽管语言学理论并不包含文学批评,但是它与文学批评的相关性是显而易见的。

基于以上认识,我们在文学教学中尝试利用语言学理论分析文学作品,主要目的是企图证明语言学对于文学研究者和文学阅读者都是有用的。以上两节是借用语言学理论研究文学的初步尝试,仅仅是个开端,很不成熟,甚至还有生硬套用的痕迹,但是对于文学课堂教学,目的完全达到了,即借此鼓励学生涉猎一点语言学,开阔研究视野和加深理解和欣赏,从而更加深入地感受文学语篇之美,培养对于文学之美的鉴赏力和感受力。

参考文献

[1] 崔少元. 后现代主义与欧美文学 [M]. 北京：中国社会科学出版社, 2002.

[2] 刁克利. 英美文学欣赏 [M]. 北京：中国人民大学出版社, 2003.

[3] 郭建中. 当代美国翻译理论 [M]. 武汉：湖北教育出版社, 2000.

[4] 郭英剑. 全球化语境下的英美文学教学 [M]. 北京：中央民族大学出版社, 2014.

[5] 胡宗锋. 英美文学精要问答及作品赏析 [M]. 西安：西安出版社, 2009.

[6] 黄吟, 王力思, 孙浩. 美国作家笔下的美国现代社会 [M]. 北京：北京理工大学出版社, 2013.

[7] 罗选民. 外国文学翻译在中国 [M]. 合肥：安徽文艺出版社, 2003.

[8] 毛信德, 吴笛, 蒋承勇. 外国文学简明教程 [M]. 杭州：浙江工商大学出版社, 2009.

[9] 汪丽炎. 文学常识 [M]. 上海：上海大学出版社, 2002.

[10] 王守仁, 方杰. 英国文学简史 [M]. 上海：上海外语教育出版社, 2006.

[11] 夏光武. 美国生态文学 [M]. 上海：学林出版社, 2009.

[12] 于森, 王阳阳, 朱丽. 英美文学与女性视角 [M]. 北京：新华出版社, 2014.

[13] 张颖. 新编美国文学史及选读 [M]. 西安：陕西师范大学出版社, 2012.

[14] 张月娥, 韩国军, 赵燕. 20世纪美国文学流派研究 [M]. 郑州：河南人民出版社, 2013.

[15] 张志庆. 欧美文学史论 [M]. 北京：科学出版社, 2002.

[16] 张子清. 二十世纪美国诗歌史 [M]. 长春：吉林教育出版社, 1995.